文芸社セレクション

それだけのこと、82番バス通り

河村 泉

Izumi KAWAMURA

JN166210

文芸社

小さな裏庭にあるりんごの木。たわわに実った実が熟し過ぎて落ちるに任せている。木の根元に転がったたくさんのりんご。もうこのりんごでアップルクランブルを焼く人はいない。

マーシャル家がこの家を手に入れたのは１００年前。買った私の祖父母がその子どもたち六人と住んだ。子どもは上の四人が男でその下に女二人。女の子どもは姉が私の母キャリル、妹が叔母のジョイス。


「腹減った、もっと何かないの?」息子の一人が言う。

「さっき食事したばかりでしょ。それに昨日は肉を食べたし。今週分の食費はすっからかん。これ以上何も買えないんだから我慢しなさい」と祖母。

「ジャガイモと具の無いスープ、全然足りないよ。ああ腹減った」と息子。

「肉食べたって言うけど、スープ取った残りカスじゃないか、あんなの肉じゃないよ」別の息子が言った。

「貧乏なのはうちだけじゃない。周りを見て見ろ。貧乏人ばかりさ」と祖父。

「ねえ、母さん、もうりんご残ってないの？」

「しょうがないねえ、最後のりんごだよ。これ食べちゃったら終わりだよ」そう言って祖母は食糧庫へりんごを取りに行った。家の庭の木に生った酸味の強いりんごだ。

「お前たちよく考えてみろ。俺たちが貧乏でいつも腹すかせてるのは政治が悪いからさ」と祖父。

「政治？　政治って何なのさ？」と息子。

「毎日学校行っててそんなことも知らんのか。政治っていうのは皆が暮らしやすい方向に国を動かすことさ……」

祖父は四人の息子のうちの一人でも聞いてくれることを願っていた。

「あ！　パン見つけた！」一人が棚の隅に転がっていたパンを掴んだ。

「あ、俺の仕舞っておいたパンだぞ」

「バカ、独り占めするな。うわ！　カビくせえ」

祖父は壁紙工場で働いていた。工場はロール紙をプリントして問屋に卸すのが仕事だ。独立して工場を持っていたわけではないが、この時代のこの街の市民としては周りも同じような境遇だった。

それなのに息子たち四人は学校を卒《お》えるとこの家を嫌って順々に出て行った。四人は十分に食べられる生活を求め出て行った。その様子を祖父母はただ黙って見送った。

「なあに、息子を四人も育てたんだ。しばらくしたら一人や二人帰ってくるさ」

息子たち四人が出て行った後、祖父母と娘二人の生活はそれ以前よりは細やかで落ち着いたものになった。少なくとも食べ物の奪い合いは影を潜めた。

やがて娘二人も成長し私の母キャリルが結婚で家を出て、残ったジョイス叔母は生まれた時からのこの家に87年住み続けた。


ジョイス叔母の晩年、毎週木曜日に私は叔母の元に通った。60歳で地元の銀行を退職した私が時間を持て余していたというわけではなかったが、とにかく木曜日になるとバス停に向かった。最寄りのバス停はベンツグリーン、バスは82番。

82番のバスは街の主要な循環バスで、一日に右回り46本、左回りも46本。バス停の時刻表には朝の９時台は６本あった。１時間に６本なら10分おきだ。だが２台のバスが続けて来ることが度々あって、バスの運行はおおらかな住民性を頼りにしていた。

やって来たバスは席が半分ほど埋まっていた。バスが動くとすぐにエクル通りに出る。この通りは街の幹線道路で一日中車が途切れなかった。ここを左折するとバスは道なりに街の中心部に向かって行く。

私はバスに10分揺られ、エクル商店街で降りた。降りたバス停の辺りは文字通り商店が軒を連ねている。八百屋、肉屋、パン屋、チーズ屋はもちろん、カード屋、靴屋、旅行会社、大きな銀行の小さな支店、薬屋、床屋等々。

ジョイス叔母の家は商店街の北側に緩やかに大きく広がる丘、丘に立つ大規模な住宅団地にあった。

私は昼食用に二人分のサンドイッチを買うためにパン屋に向かった。ベーカリー・ワトソンは豚肉のサンドイッチで有名だ。狭い店の外にまで人が並ぶことでも有名だ。私は二人分のサンドイッチが入ったポリ袋を手に提げ、前後に揺らしながら坂道を上った。

商店街から丘を見上げると、小ぶりな住宅が割り当てられた面積からはみ出さないように細心の注意を払って立ち並んでいた。丘の真ん中は長く緩い登り坂、道の名はグレイストーンズ。

この道は丘のてっぺんまで続いていた。その先は下ったり上ったりしながら、周りの丘と溶け合ってどこまでも続いていく。高い山が無いこの地は丘が延々と続いていた。

登り坂グレイストーンズの両側には何本もの道が垂直に伸びていた。グレイストーンズを背骨とするとあばら骨だ。あばら骨に沿って家々が並んでいた。どの家も赤茶色のレンガ造りで、どの家も小さな前庭に低木を植え、花を咲かせていた。

この一帯は善良な市民たちの家々だ。他の家の2軒分もありそうな大きな家は無い。したがって門構えが仰々しい家も無かった。すべての家が、コツコツと働いてやっとこの家を手に入れることができました、という風情を漂わせていた。

叔母の家は背骨であるグレイストーンズを70m上がった所で右に折れ、あばら骨であるランビーロードの左側、背骨から7軒目。道路から玄関ドアまでは大股で8歩。

前庭には1本のコニファー、そこに纏わっているクレマチス、そしてバラ。バラはすべてサーモンピンク色。祖父母が元気な時代は無秩序に色とりどりだったバラだが、叔母は弱ったバラを順々に植え替え、同じ品種同じ色になっていた。

私は玄関の隣にある窓に寄り、ガラス窓を手の甲で小さく叩き、続いて大きめの声を出した。

「ジョイス叔母さん、アリスよ」

一日の大半をジョイス叔母は玄関横の部屋のソファーに座って過ごしていた。

しばらく待つと「入って！」

精一杯の肺活量を使い叔母は返事をした。私は合鍵を使って家に入る。叔母の足が弱ってからは合鍵を貰っていた。

「こんにちは、ジョイス叔母さん」

叔母はソファーで手紙を読んでいた。

叔母はいつもの藤色のセーターに黒っぽいパンツ。小さく丸まった背中、細くなって気ままに動くふわふわの銀髪、ずり落ちている眼鏡、筋肉が無くなった棒のような手足、深い皺に覆われた皮膚。

背中も髪も手足も皮膚もとっくの昔に若さの片鱗さえ脱ぎ捨ててしまった叔母は、必要な物だけで構成されていて潔かった。

叔母が読んでいるのは昔の手紙。手紙は読み終わるとあるべき場所に戻された。手紙の束はいくつかあって、束ごとに叔母の皺だらけの小さな乾燥した手で何度も優しくなでられ、伸ばされ、そしてチョコレートクッキーの空き缶に仕舞われるのだった。四角いアルミ製の缶はこの地方では知らない人がいないチョコレート会社、ソロンバリー社のものだ。本体は焦げ茶色、上蓋に描かれているのは大きなピンクのリボン。缶の大きさは30cmの縦と横に高さは20cm。叔母は缶の蓋を閉じると何やらつぶやいていた。いつもの独り言。「…………」

声が小さくて聞き取れない。

「叔母さん、どう？　変わりない？」私の言葉にジョイス叔母は慌てて答えた。

「ああ、アリス、来てくれたんだね」

私は素早く叔母の全身を見て「大丈夫」を確認する。全身にいつものエネルギーがあるのかどうかを見ていた。いつも通り、ＯＫ。

キッチンは一番奥。私はズンズンと一番奥のキッチンに入り、買ってきたサンドイッチをテーブルに置き、紅茶を淹れる準備をする。使い古した傷だらけのテーブルの上には半分残ったバナナと袋の開いたビスケット。それらを端によけた。

薬缶に水を入れるため流し台に立つ。流し台の上には大きな窓ガラスがあり裏庭の悉《ことごと》くを見渡せた。庭はすっかり秋色だった。隣家とを分ける東側の木の塀に沿うように立つりんごの木。木は葉を落としていた。

この家は古い。私の祖父母が手に入れた時は建てられてから20年程経っていたらしい、ということは築120年。築年数の経った家はあちらこちらから隙間風が入った。そして壁が長い年月かけて集めた湿気や匂いが出たり引っ込んだりしていた。

「住んでいる人間が古いんだから、家だけ新しくしても似合わないよ」ジョイス叔母は言った。

もちろんジョイス叔母にも若い時があったし希望もあった。人生の明るい季節にこの家を鮮やかな黄緑色の巨大なスカーフで覆い、オレンジやピンクの花々を散らすという夢もあった。

たとえば姉のキャリルが結婚で家を出て部屋が空いた時でも、叔母の商売が軌道に乗り生活に余裕ができた時でもよかった。

それなのにジョイス叔母は今が人生の明るい季節かどうか判断できなかった。この先にも人生の明るい季節はまだあるような気がして決めることができないまま時だけが過ぎた。今更黄緑色のスカーフやオレンジやピンクの花々は想像しただけでちぐはぐだった。

それでも流しの上の窓ガラスだけは叔母が張り切ってリフォームした。以前ここは壁でキッチン全体が薄暗かった。

私が子どもの頃祖母は暗いキッチンの流し台で、壁に掛かったお玉とフライ返しを使って黙々と料理をしていたのだった。


玄関横の部屋のソファーで手紙をピンクリボン柄の空き缶に仕舞ったジョイス叔母は、いつも通りキッチンまで慎重に移動してきた。ソファーから立ち上がる時はゆっくりと、次に縮んだ背中、腰、膝を痛くないように順々にそっと伸ばし、伸ばし終えたら一度大きく呼吸をした。

それから慎重に一歩を踏み出し、更に一歩進み、手で壁を触ったら、壁を伝ってゆっくり歩いた。

キッチンにたどり着き、椅子に腰を下ろす時もゆっくりだ。テーブル同様椅子も使い古されて傷がたくさんあった。

私は二つのマグカップに熱い紅茶を淹れ、たっぷりのミルクを注いだ。

「はいどうぞ。熱いから気を付けてね」

「ふふふ、アリスは毎週同じことを言うね」

「ああ、そうかも。ところで、ねえ、叔母さん見て、この写真。お母さんの引き出しにあったのだけどね」

「アリス、引き出しの眼鏡取っておくれ」

　叔母の老眼鏡はどの部屋にも置いてあった。眼鏡をかけた叔母は、

「どれ？　まああ！　嫌だ！　水着。そういえば持ってたわ、この水着。よくこんな大昔の写真あったものだね。誰が撮ってくれたのだろう？」

「裏にはピーターから、って書いてあるわよ。ピーターって誰かしら？」

　叔母は写真の裏を見て、そして目を大きく見開き、口を半分開けたまま一瞬全身の動きを止めた。そして言った。

「そうそうピーターだった、彼の名前」

　ジョイス叔母は遥か昔の遠い記憶の中に手を突っ込み、端っこをしっかりと掴んで精一杯引っ張った。ぞろぞろと記憶が引きずり出される。記憶も年齢と共に脆くなっているので途中で何度も千切れてしまったが、千切れた記憶はそのまま置き去りにして、取り出せる記憶だけを力を入れてぐっと引っ張って取り出した。

「そう、ピーターはね、グランドホテルの一階のラウンジで働いていたボーイさんだ

よ。ピーターはね、キャリルに興味があった」

「へえ！　お母さんに！　信じられない。お母さんにも青春があったのね。それにしても叔母さんすごいわね。だってボーイさんの名前までちゃんと覚えているなんて」

「ああ、そうかね。最近何でもすぐに忘れてしまうのにね、ずっと覚えていることもある。頭の中はどうなっているんだろうね」

「ピーター、って覚えているだけでも大したものよ」

「アリス、私は十分に年を取った。ピーターのことはもう覚えていないよ。ふっと名前が浮かんだだけさ」

「でもピーターの名前で反応できるんだから、まだまだ大丈夫よ、叔母さんは」

「大丈夫なわけはないよ。でもね、忘れてしまってもそれでいいんだよ。それでいい」

「叔母さんが覚えているうちにお母さんのこともっと聞かせてよ」

「キャリルのこと？　そうだねえ。私とキャリルは毎年夏に海浜保養地に行った。ただ行っただけだよ。あの頃は貧しかった、私もキャリルも。私たち働いていたのにどうしてお金持ってなかったんだろうね。だからホテルに泊まったりなんてとてもできやしなかった」

　ここまで一気にしゃべると84歳のジョイス叔母はちょっと休憩した。肺に新しい酸素を補充しないと次に続く言葉が出なかったのだった。

「海の横に立つグランドホテル。一階のラウンジで午後のティータイムを過ごすのが精一杯のイベントだった。あの海浜保養地にはね、都会から大勢の人が来ていた。皆おしゃれして砂浜を散歩したり膝から下だけ海に入ったりしてたよ」

「へええ、そうなんだ。戦後の影響は無かったの？」

「もちろん有った。でも都会の人は立ち直りが早かったからね。一部の人だけかもしれないけれど」

「おしゃれ、ってどんな風？」

「女性は丈の長いワンピース、体の線に沿ったようなほっそりしたワンピースの人もいたね。海だからか庇の大きなストローハットや日傘の人も多かった。男性は麻のダブルのジャケットにカンカン帽。海浜保養地に来るために誂えたんだろうね」

「昔の映画みたい」

「そりゃあ昔だもの。60年以上前のことさ」

「海に保養に来るためにおしゃれしていたのね。その格好ならパーティーに行けそうだわ」

「当時は出かけることはおしゃれすることだったから。だから海だろうが山だろうがおしゃれして行ったものだよ。私はそういう人たちを眺めているだけで優雅な気分になれた。見慣れている私たちの街の人とは違ったからね」

「なるほど」

「キャリルは言ってたよ。今に女性の服装が大きく変わるって。キャリルはね、服がとても好きだったから。事実その後あれよあれよという間にスカート丈が短くなって、水着もどんどん小さくなっていったからキャリルには先見の明があったってことになるね」

「写真の叔母さんとお母さんは水着で写ってるわよ、まだまだ大きな水着だけど」

「その水着はね、誂え物」

ジョイス叔母は「ふふふ」と笑って続けた。

「ある年キャリルが今年の夏はどうしても水着を着たいって言うの。でも私は水着を着るなんて嫌だった。恥ずかしかったよ。それなのにキャリルがどうしても水着が欲しいって言い張って。結局私が折れて二人で水着を誂えたのさ」

「お母さんだけが水着を買えばよかったのに。どうして叔母さんまで？」

「一人だけ水着を着るなんて。キャリルも自信が無かったんだよ」

ジョイス叔母の話は進む。

「雑誌には都会の水着の娘が載っているけれど、私たちは地方に住んでるだろ。それで近所の仕立屋に雑誌を持って行って見せたのさ。これと同じように仕立ててくださいって。でも出来上がったら雑誌とは違ってた。体を覆う面積が雑誌よりも大きくって色も柄も地味。私のは濃いえんじ色の無地、キャリルのは同じ濃いえんじ色に小さな黒色の水玉模様。精一杯高いお金出したのに、がっかりだった。キャリルは二度とあの仕立屋には注文しないって怒ってたよ」

「生地とかデザインをもっと細かく注文すればよかったのに」

「仕立屋が生地を含めてすべて任せてくれって言ったんだ。地方はまだそんな時代だったんだろうね」

「でもその水着、着たのね？」

「そう、大金をつぎ込んじゃったんだから着たよ。そして生まれて初めて海に入った。水着は気に入らなかったけど、海はすごく良かった。特に波が面白くってね、波が来る度にキャリルと二人で手を繋いで飛び跳ねた。波が引くとちょっとホッとするんだけど、また波が来る、また飛び跳ねる」

「そうか、生まれて初めて海に入ったんだ」

「そう、初めて。思ったより海水が冷たくて、体が冷えてくると砂浜に寝そべっておしゃべり。海辺にいる若い男性を盗み見て品定めをして、二人でくすくす笑い転げて」

　叔母は話しながら両手を忙しく動かした。

「午後のお茶の時間になると、火照った体にブラウスとスカートを纏って、グランドホテルのラウンジに行った。そう、その日の一大イベントに。あわよくば良い人に巡り合うためだよ。ふふふ」

「弾けてるわね、二人とも」

「そう、あの日の光景は今でもはっきり覚えている。私にもそんな日があったんだね」

「ラウンジでピーターと出会ったの？」

「うう、うん、まあ、そう」と叔母。

「ピーターはグランドホテルでボーイをしてたんでしょ。叔母さんとお母さんのテーブルの担当がピーターだったのかな」

「まあ、そんなところだね」

「叔母さんたちは何を注文したの？」

「何を、って。60年前の注文が何だったかなんて覚えてないよ」

「写真はいつ撮ったの？　ホテルのカメラマンか誰かに頼んだのかな？」

「さあねえ、もう覚えてないわ」

「お母さんはずっと覚えてたはずよ。だってこの写真大事に保管してあったわ。わざわざ真っ白な分厚い紙にはさんであったの」

「アリス、そろそろお昼かい？　何だかお腹がすいちゃったからお昼にしないかい？」

「あっ、うん。今何時？　あと15分で12時ね。いいわよ。紅茶淹れ直すわね」

買ってきた豚肉のサンドイッチの包みを開けると食欲をそそる匂いが立った。

「叔母さん、豚肉のサンドイッチよ」

「ああ、ありがとう。毎週すまないね」


ベーカリー・ワトソンの豚肉のサンドイッチは有名だ。作り方は難しくはない。豚肉のこま切れをボウルに入れる。味付けは塩と胡椒とナツメグ。こま切れ肉を練って、叩いて、練って、叩く。粘りが出てきたら両手で握れる大きさに分ける。コッペパンより少し大きめに平たく丸くする。少し大きめにするのがポイントで、焼いて少し小さくなったサイズがちょうどコッペパンの大きさになる。肉がコッペパンより大きいとこぼれ落ちてしまうし、小さいと見栄えがケチくさい。16枚が一度に焼ける鉄板に並べて焼く。片面がこんがりしてきたらひっくり返してもう片面をさっと焼きコッペパンに挟む。ハンバーガーに似ているけれど、この店はハンバーガーなんて見たことない時代からずっと作っている。一度食べたらはっきり分かる。こま切れ肉とミンチ肉では食感がまるで違うってことが。ハンバーガーとは別物だ。肉と一緒に挟むのは薄くスライスした玉ねぎと酸味の利いたたっぷりのマスタードだけ。このシンプルさを昔から頑なに守っていた。

サンドイッチを皿に載せ、紅茶を新しく淹れていたら12時になった。叔母の家の玄関ホールには高さが2ｍもある時計が置いてあった。時計は周りのガラスをビリビリ言わせながら12回低音の鐘を鳴らした。

「この豚肉のサンドイッチは相変わらず美味しいね。キャリルも好きだった。キャリルの家に行く度に買って持って行ったわ」

「覚えている。私も叔母さんが買ってきてくれる豚肉のサンドイッチが楽しみだった」

「サンドイッチ屋は今日も混んでたかい？」

「そうね、お昼は相変わらず小さな行列ができるわよ。今日は早かったからほとんど並ばなかったけど」

「昔のままの味だね」

ジョイス叔母の歯は少なくなっていたが、それでも器用に豚肉のサンドイッチを美味しそうに食べていた。

そして食べ終わったかなという頃、あっという間にテーブルに突っ伏し、同時に眠りに落ちた。このテーブルと椅子の高さが叔母の眠りの姿勢と見事に合っているようだった。歳を取り、夜は眠れない日が多いらしいが昼はこうしてあっという間に眠ってしまう。

叔母が眠っている間、私はキッチンの大窓から庭を見ていた。私が子どもの頃この小さな庭は祖父母がマメに手入れをし、一年の半分以上は花が色とりどりに咲いていた。

どこで手に入れたのか祖父が私のために壊れたブランコを貰ってきて直してくれ、祖母が真っ赤なペンキで座面を塗ってくれた。子どもの私はこの家に来る度にブランコに揺られながら歌を歌った。

庭の東側の塀沿いあるりんごの木。この木に生る酸味のあるりんご。りんごで祖母とジョイス叔母が交代にそれぞれのやり方でアップルクランブルを作ってくれた。

「ああ、アリス。私眠ってたんだねえ。ちょっと眠ると気分がいいわ」叔母のしゃがれ声が聞こえた。こんなにも短時間で眠って目を覚まして器用なものだ。それも硬い椅子に座ったままで。

「起きたのね、紅茶淹れ直すわね」

新しい紅茶のために湯を沸かす。その私の背中にジョイス叔母が話しかけてきた。

「アリス」

「なあに？」

「実はねえ、実は午前中の話には続きがある。聞いてくれるかい？」

「ええ、もちろん。お母さんの話聞きたいわ」私は淹れ直した紅茶を叔母の前に置いた。

「紅茶熱いから気を付けてね」

「ふふふ」ジョイス叔母の顔が幾分ふっくらとほほ笑んだ。

「あの日の光景は今でもはっきりと覚えている。遠い昔の話だけど、昨日のことのような気もする」

「グランドホテルのラウンジでピーターと出会ったのね？」

「そう。私たちのテーブルの担当がピーターだった。注文を聞かれて私たちは紅茶だけを注文した。お金が無いからね。キャリルったらわざわざダージリンをストレートで、って付け加えたんだよ」叔母はゆっくりした声で話した。

「どうして？　お母さん紅茶に詳しかった？」

「紅茶に詳しい都会の娘を演じたかったんだろうよ。にわか勉強」

「それでどうなったの？」

「ピーターが言った。そちらの方もダージリンでいいですか？　それともアッサムなどいかがですか？　って。アッサム？　私にすればそれは何？　紅茶？　しばらくして紅茶を運んできたピーターは、キャリルと紅茶談義を始めた。ほんの短い時間だよ。だってピーターは仕事中なのだから」

「アッサムだのダージリンだの、男女の出会いのきっかけとしてはずいぶん高尚なお話ね」

「そうなんだよ、その頃の私は紅茶に銘柄があるなんてことも知らなかった。その時分紅茶は安い物ではないから、家では専ら水を飲んでたんだから」

「二人は紅茶談義だけで終わったの？」

「ううん、そうじゃない。ピーターがもうすぐ仕事が終わるから砂浜で待っててほしいって。そしてピーターの仕事が終わってから私たちは三人、砂浜でおしゃべりした」

「へええ、ピーターはどんな人だったの？」

「そうだねえ、一言でいうと爽やかな人、だね。春の丘を駆ける風をイメージさせる人だった。その上細やかに気を配る人でね。キャリルがピーターに矢継ぎ早に質問をする。ピーターはきちんと答える。そうなると私一人が会話に入ってないことになるだろ。でもピーターは私が会話に入れるように上手く話を進めてくれた」

「へええ、気の利く人だったのね」

「その上、見栄えも良かった。ハンサムだったよ。背が高過ぎるわけでなく、低くもなく。眉も目も鼻も口も大き過ぎず小さ過ぎず、とにかく整っていたよ。グランドホテルはあの辺りで一番のホテル。ピーターはそのホテルにはぴったりだった」

「へええ、でも外見のいい人って私はあまりいい印象ないな」

「そんなことないいんだよ、ピーターは」

　叔母はムキになって言った。

「ピーターは整った見栄えを持て余しているように見えた。だから自慢するような気持ちなどみじんもなかったと思うよ」

「ふうん」

「普段ホテルで都会の垢ぬけた人たちばかりを見ていたからかねえ。ピーターは私たちに親しみを感じたみたい。田舎者同士」

「ピーターは地元の人だったのね？」

「そう。私たちの街はその海浜保養地から遠い。列車で3時間だろ。お互いの家が遠いって分かったからもう会うことはないなって思ったのだけど、どういうわけかピーターが、ホテルのアンティークショップでブローチとペンダントを買ってプレゼントしてくれた」

　そう言ってジョイス叔母は立ち上がり、隣の寝室の家具の引き出しから何か持ってきた。繊細な銀細工のブローチだった。花束の形をしていた。そしてそれは黒ずんでいた。

「これだよ。真っ黒だ、磨かなきゃいけないねえ。あのホテルの1階にはアンティークショップが店を出していた。その店でピーターが選んでくれたんだ。私には花束の形のブローチを、そしてキャリルには蝶の形のペンダントを。ピーターは、今日出会った記念だよ、って。値段は高くなかったはず。だから私たちは貰うことができたのだと思う」

「その日から60年以上経ってる。その間ずっと持っててもらえてピーターも本望ね」

「60年、そんなになるんだね」

「その後は何かあったの？　ピーターと」

「無い。ピーターと会ったのはその日限り、私は。でもキャリルのことは知らない」

「知らないって？」

「キャリルがはっきり言わないからよく分からない」

「どういうこと？」

叔母は小さくため息をつくと私に話し過ぎてしまったというように黙ってしまった。私は今日はこれ以上聞くことはできないと悟った。

「叔母さん、今日は何したらいい？」

私は木曜日に叔母の家に来る度に家事の手伝いをしていた。

叔母は顔を上げて一回深呼吸をすると、

「寝室の箪笥から服が落ちちゃったから掛け直してくれないかい？　それと引き出しに入ってるセーターなんかを畳み直してもらえるとありがたいねえ」

「うん、分かった。他には？」

「今日のところはいいよ。それで十分」

私は叔母の寝室に行き箪笥の扉を開けた。同時にたくさんの服が飛び出してきた。

叔母の服の量は半端なく、そしてどれもとても古かった。

このツイードのジャケットスーツは50年は経つ。私が子どもで、この服を着たジョイス叔母と写っている写真があった。まだウールが値の張った時代の上等品だ。

夏のウールのワンピースもあった。夏に女性がウールを着ることは少なくなったが、服に関してはジョイス叔母は古風な女性だ。

たくさんの服の中でまだ着られるものは少しだけだ。叔母の腰が曲がって背中の丈が足りなくなってしまったのだった。

スカートは穿けなかった。ウエストの前の部分に脇、背中、腹部の肉が集まったせいだ。それでも一枚も処分することなく私はすべての服をハンガーに掛け、箪笥に吊した。

　次に引き出しの一段目を開けた。下着と靴下が押し込んであった。私の記憶にある叔母は几帳面であったはずなのだが、引き出しの中で下着と靴下がミックスサラダボウル状になっていた。

　二段目はセーター、カーディガンとスラックス。この段も溢れんばかりに飛び出し一段目と同じ状態だった。

　確か一か月ほど前にも今日と同じように服を畳んだのに、一か月でこのような状態になったのだろうか？

　最近の叔母は何かがちょっとだけ変。大したことではないのだけど。服を畳む私の手の指の先にちょっとだけささくれが残った。

　途中から叔母がドアに立って見ていた。

「たくさんあるだろ。処分しなきゃいけないのかもしれないけれど、どうも物を捨てるってことができなくてね」

「いいわよ、たくさんあった方が服を選ぶ時楽しいでしょ。さあこれでよし。叔母さん、全部畳んだわ」

　叔母は私が一枚も服を減らすことなく作業を終えたことに安堵していた。

　物を処分するのは難しい。私は喉元につかえている気持ちをくるくるっと丸めて胸の奥に閉じ込めた。

「新しい紅茶淹れてくるわね。ゆっくりキッチンに来て」

「ああ、ありがとう」

私は紅茶のための湯を沸かした。いつの間にかキッチンに入ってきたジョイス叔母は、ダイニングの椅子に掛けると同時に私の背中に話しかけた。

「そうそう、アリス、教会の屋根の修理の寄付のことだけどね。ずっと考えていたけれどやっぱり1万ポンド出そうかなって思ってる。親の代から世話になっている教会だし、私ももう歳だから近いうちにお世話になる。どうだい？」

「え？　教会の屋根の修理の寄付？」

叔母と私は同じ教会だった。最近の私は教会のことに熱心ではなかったので余程の用がないと教会には行ってない。寄付？　屋根の？　そんな話出ていたっけ？　そんな私を置き去りにし叔母は続けた。

「屋根の修理の話は3年も前に出てたの知ってるよね？　それ以降寄付が集まったら修理するってことになっているけれど。今のところまだ予定金額に達していないどころか半分も集まっていないそうだよ」

3年前？　ううん、全く、思い出せなかった。それなのにジョイス叔母は続けた。

「修理する箇所が屋根だから余り悠長なことも言っていられないと思うんだよ」

普段のジョイスは84歳なりのゆっくりした話し方なのだけどこの寄付の話には気合が入っているようで、10歳も若返ったような話し方だった。私はどんどん置き去りにされていった。一体どういうこと？　どうして私は知らないの？　質問の方向を変えてみた。

「ねえ、叔母さんの教会のお友達はもう寄付したの？」

「そうだねえ、メアリーはもう振り込んだ、って言ってた。メアリーは５０００ポンド振り込んだって。対抗しているわけじゃないんだけど私は1万ポンドにしようと考えているわけよ。アリス、あなたどう思う？」

「1万ポンドって…かなりの大金よね。もっとも叔母さんのお金なんだから私がとやかく言うことではないのだけど」

メアリー？　確かに叔母の仲良しにその名前の人はいたけれど、確か2年位前に亡くなっていた。それとも別のメアリーなのだろうか？

それにしても3年前からの話を、どうして私が知らないの？　いくら熱心な信者ではないにしても、たとえばスーパーで同じ教会の人に会って、立ち話したことは2～3度あった。どうして誰も教えてくれなかったのだろう。

「ねえアリス、1万ポンドは確かに大金だ。でもどんな建物も屋根は重要だよ。雨が漏ってからでは遅いからね。私はこの先もお金を使うこともあまりないし。だったら教会の屋根に使ってもらうのが良いと思う」

「叔母さん、まだ1万ポンド寄付してないわよね？　これからするのよね？」

「まだだよ。銀行に行って振り込みしたいけれど、最近目が見えにくくて、機械の操作に自信がないんだよ。振込先を間違ったら大変だし」

「分かったわ。振り込む時は私も一緒について行くわ」

「今日はお天気がいいから今から銀行に行くのはどうだろう？　アリス、今から一緒に行ってくれるかい？」

「今から？　今日は夕方までに市役所行く用事があるから、来週でいいかしら。教会の屋根の寄付のことは私もゆっくり考えてみるわ。来週まで待ってて。振り込みは来週」

「やっぱり今日は駄目かい？　仕方がないね、じゃあ来週頼んだよ」ジョイス叔母は少し不服そうだった。そして叔母は続けた。

「そうそう、寄付の話の続きなんだけど、アリス、あなたには言いにくいんだけど…でも上手くやってほしいから言うわ」

「なあに？　何でも言って」

「実はね、屋根の寄付をいくらにする？　ってキャリル姉さんに聞いたんだよ。そうしたら1ポンドだけにするって。もちろん寄付なんだからいくらだって構わないよ。

でも1ポンドって、それはないよ。小学生の小遣いじゃあるまいし。恥ずかしいとかじゃないよ。ただキャリルには常識ってものが無くなったのかも？　って心配になったんだよ」

「……お母さん？」ジョイス叔母と私の間にずっしりと重い沈黙が覆いかぶさった。

「……嫌だ。私何言ってるんだろう。キャリルじゃなくて……そう……」

叔母はそれっきり黙ってしまった。

私の母キャリルは亡くなった。7年も前に。だからキャリルは寄付はできない。

「ジョイス叔母さん、大丈夫よ。大したことじゃないわ。ちょっとした思い違いよ。誰にだってあるわ」

私は両手でジョイス叔母の小さな冷たい手を包んだ。叔母の手は、海に浮かんだ小舟の縁をしっかり握り、何度も迫りくる波に唇をきゅっと結んで耐えている時の手だった。

一方私も耐えていた。波で濡れた闇色のスカーフが私を覆ったためだ。闇色のスカーフは私の顔に被さってきた。

叔母の手を包みながら長い時間耐えていた気がしたが、私より早く現実に戻ったジョイス叔母は言った。

「アリス、今日は市役所に行くんじゃなかったのかい？　市役所が閉まっちゃうよ」

私は我に返った。

「そうね、そうだった。また来週来るから」

「気を付けてお帰り」

「うん」

私はコートを摑んで大急ぎでジョイス叔母の家を出た。大きく息を吸う。陽が落ちかけて空気が冷たい。季節は足早に冬に向かっていた。


最近の叔母はちょっとだけ変。今日もちょっとだけ変だった、すぐに気が付いてくれたけど。大したことではないはずだけれど。普段は全く違和感がないことがほとんどだけれど。

私は母キャリルとジョイス叔母が重なった。私は母キャリルがちょっとだけ変からやっぱり変、になっていくのをオロオロしながら見ていた。認知症になるには母は歳若かったし、私はどこに援助を求めてよいのか分からなかった。私は毎日深い海の底で泣いていたのだった。

それでも時として母はまともになって、普通に振る舞った。ああ、母さんは何でもなかったんだ。ちょっとの間だけおかしな行動をして私を驚かせようとしたのね、私はそう思い込もうとした。

その頃母についてのあれこれをジョイス叔母には話さなかった。年齢で言えば母はまだ若く、私は母の認知症を認めたくなかった。もしそうなら認知症の母を抱えて、銀行の仕事をし、息子を育てる。考えただけで私はつぶれてしまいそうだったからだ。そもそも母キャリルがちょっとだけ変なのは昔からだ。特に「面倒くさい」は昔から母の口癖だった。

まだ母が50代で体力もあって時間もそれなりにあった時、「私、料理から卒業させてもらうわ、今日からはアリスが全部やってね。面倒くさくなっちゃったの」と前触れなく言った。

私は「そうなのね」と違和感なく受け入れた。ちょっとだけ変だけど、母ならそうなのね、と思った。

その日から何年か経つうちに母の行動は普通の範疇を超えるようになった。一日中物を食べた。普通の人が食べない物まで食べた。桃もミカンも皮ごと食べた。

「このミカン苦いわね。最近のミカンはホント苦くなったわ」

「お母さん、ミカンは皮をむいて食べるものでしょ。ほら、こうやってむくの！知ってるでしょ」

「そんなこと知ってるわよ。どんな味がするか食べてみただけなのに。もう要らない！　ミカンは食べない」

朝の出勤前、私に時間がないのを見計らうように言ってきた。

「祖母ちゃん、このパン美味いんだ。全部あげるよ」

息子のハンフリーが自分で買ってきた特大パンを差し出した。ブラジルと言う名前で売っているしっとり柔らかいパンだった。上にアイシングシュガーがたっぷり載っているのでカロリーは相当なものだ。

「いいのかい、じゃあ貰うよ」

母は手に取ってすぐさま食べ始めた。

「ハンフリー、あなたは手も口も出さなくていいの。お祖母ちゃん全部食べちゃうわよ。もう！　さっさと学校行きなさい」

ハンフリーは祖母がどんどん食べるのを知って面白がっていた。

母は全く料理をしなくなっていたので、私は食べ物を買ってきてテーブルに置いた。チーズサンドビスケット、クリスプス、りんご。もちろん母が食べ過ぎないように毎日適当な量だけを置いた。

ところが私が仕事から帰ると、冷蔵庫のハムやチーズや果物、冷凍庫のアイスクリームや食パンまで、あれもこれも食べてあった。

その結果母の体重は劇的に増え、そのせいで歩くのが億劫になり、じっと座ってばかりいた。じっと座ってばかりではつまらないからまた食べた。その悪い循環から抜け出すには母の認知能力では足りなかった。

私は銀行の終業時刻が近付くと気分がふさいだ。冷蔵庫や冷凍庫から出した食品が出しっぱなし。ジュースもジャムも蓋が開いたまま。チーズもバターも塊の端っこがかじってある。そんな家を見たくなかった。そんな家に帰りたくなかった。

どう取り繕っても母は異常で、異常な母を見るのが怖くて苦しかった。誰かに助けてほしかった。でも私に声をかけてくれる人はいなかった。そもそも母自身が家から一歩外に出るとどういうわけか普通に振る舞った。普段よりも愛想よくニコニコ振る舞ったのだった。

次に母が執着したのは探し物だ。毎日朝から探していた。私があと5分で出勤しないといけない時間になると、

「アリス、私の銀行カード知らないかい？　今日どうしても要るんだよ」

「アリス、私のガーネットの腕輪知らないかい？　昨日から探しているのに見つからないんだよ。どこに行ったんだろう？」

「アリス、私のミンスパイ知らないかい？　昨日お隣から貰ったミンスパイ。今から紅茶を淹れて食べようと思っていたのに無いんだよ」母はミンスパイを探した。キッチンではなく、母の寝室の引き出しを探していた。寝室にミンスパイはない。その上

お隣は冬の間はずっと留守だ。南フランスに住む娘の家に行っていた。だからミンスパイを貰うことはなかった。

母は起きている時間はずっと探し物をしていた。今まで隠してあった体力すべてを使って探していた。

一人でぶつぶつ言いながら片っ端から引き出しを開けて中身をかき回す母。次から次へと引き出しを開けるうちに探している物が何だったかを忘れてしまう母。

「お母さん、引き出しの中身は外に出さないで！　何度も言ってるでしょ！」

「あ、アリス。そんな所に突っ立ってないで一緒に探して！」

「何を探してるの？」

「赤いシャベルだよ。ビオラの植え替えをやろうと思って」

「シャベルが私の寝室にあるわけないでしょ！　探すなら庭の物置よ。でもあの赤いシャベルは私が小学生の時に使ってたのだから、とっくに無いわよ」

一日中探しているせいで、母はあんなに増えた体重が徐々に戻っていった。

母の体重が戻り、私がやれやれと一息ついていると、次は一人で家から出て行った。私は母の外出用の靴を隠した。それでも母は靴を探し出してきて履いた。自分の靴が見つからないと、私の靴やハンフリーの大きな靴を履いて出て行った。

ある日の午後、母キャリルは箪笥から現金の札束をハンドバッグに押し込んだ。そしてハンドバッグを手に提げ、街の中心部に向かって歩いて行った。

家から2㎞ほどの街の中心部近くまで行って、しばらくは人の流れに乗って歩いていたが突然人の流れから降りた。

そして左手に掛けたバッグから現金の札を10枚ほど出した。10ポンド紙幣と20ポンド紙幣の混ざった束だった。札束をバッグの一番上に置き、そのバッグを左手に掛ける。バッグの札束から一枚だけを出して右手に持つと、偶然そこを歩いていた女性の目の前に右手の一枚の紙幣を持って行き、

「あげる」と言った。女性は気味悪がって逃げようとした。母は追った。

「待って」

逃げる女性の腕を母はぎゅっと摑んだ。

「貰って。後生だから」母は女性の顔近くに自分の顔を持って行って迫った。

女性は摑まれた腕が痛いほどで、黙って一枚を受け取った。母は摑んでいた手を緩めた。女性は引きつった顔で足早に去って行ったそうだ。

次に母が渡そうとしたのは40代の男性で「お金は配るものではないよ。どこから来たの？　ほらちゃんとバッグに入れて」と言って母が手に摑んでいる札をバッグに入れてくれた。

「いいの、いいのよ、家にいっぱい余ってるんだから。だから貰って」

母はそう言って男性のコートのポケットに一枚をねじ込んだそうだ。その男性が警察に電話をしてくれたが、警察が来てくれるまでに時間が掛かり、私が現場に着いた時にはバッグの現金は一枚もなかった。

道行く人々に現金を押し付けてくる母を、初めは警戒していた人々も、次第に「いいのかい？」と言いながら貰っていったのだった。たまたま私の近所の人が通りかかった時は、三人が並んで順にお金を受け取っていたそうだ。

私には限界が来ていた。しばらくして行政から救助が来てくれて私の限界は終わった。母は「記憶を畳む人々の家」で生きた。

最後には私が娘であると認識できなくなったけれど、母が生きているという絶対の前では、私を娘であると認識できないことなどは大したことではなかった。

母が亡くなってその絶対が跡形もなく崩れた。以来私を悩ませるのは何の前触れもなく突然私にぴったりくっついてくる母の面影だった。母は「アリス」「アリス」と私の名前を連呼してきた。

ジョイス叔母から教会の屋根の寄付の話を聞いた次の日曜日、私は久しぶりに教会に足を運んだ。

　私の子ども時代は父が若くして亡くなり、母が信心深かったことで生活そのものが教会を中心に回っていた。我が家が特別だったわけでなく、同じような家庭も多かった。

　母は公共放送の受信料を扱う仕事を得て、要は結婚前と同じ仕事に復帰したということだけど、教会の行事に生活を載せていったのだった。子どもたちの合唱や劇の発表会、不用品のバザー、ピクニック、そしてイースター、クリスマス。

　教会の行事と共に私は育った。同じ教会の人たちに助けられながら母は私を大きくした。だから父亡き後母がスムースに日常に戻ることができたのは母の信心のお蔭であり教会のお蔭であった。

　しかし時代と共に教会が生活の要である人は少なくなり、日曜礼拝に来る人も減った。この日の礼拝の参加者も少数だった。私は礼拝の後、神父に教会の屋根の修理の予定があるのかを聞いた。

「屋根の修理ですか？　その予定はありませんねえ。10年前に塗り直してますから」

　久しぶりの教会。ステンドグラスを通して柔らかな光が入り、不信心な私を咎めるどころか優しく包んでくれた。子どもの時から教会に来る度に嗅いだ匂い、ナツメグとシナモンにカレーパウダーを混ぜたような匂いもそのままだった。

屋根の修理の予定は無かった。

教会に行った次の木曜日もジョイス叔母の家を訪ねた。最寄りのバス停「ベンツグリーン」から82番のバスに乗って、サンドイッチを買って。坂を上る度に手に提げたサンドイッチのポリ袋が揺れた。先週より一段と秋が深まり、道路の脇には街路樹の葉が積もっていた。

玄関横の窓をコンコンと叩いて、

「ジョイス叔母さん、アリスよ」

叔母はすべての肺活量を使って答えた。

「入って」

「こんにちは。どう？　変わりない？」

「ああ、ありがとう。何も変わらないよ」

「今日は手紙読んでいないのね」

「この一週間は色々と考えないといけないことが有って忙しかった。それにこの缶の手紙は読み終わったし」

「考えなきゃいけないことって何？　私が何か手伝えること？」

「いいや、いいんだよ、考え事は」と叔母。

「手紙はそのピンクリボンの缶に全部収まっているの？」

「まだ続きはある。でも取ってこないといけないから」

「どこにあるの？　取ってきてあげるわよ」

「どこと言われても、探さないといけないからねえ」

「一緒に探そうか？」

「いいよ、一人でゆっくり探すから」

「じゃあ一緒に探してほしくなったら言ってね」

　いつものように叔母の「大丈夫」をチェックして、いつものようにずんずんとキッチンに行き、買ってきたサンドイッチをテーブルに置き、紅茶を淹れる準備をした。紅茶を淹れた頃合いを見計らって、いつものように叔母はキッチンに移動してきた。

「ジョイス叔母さん、はいお茶。今日はイングリッシュブレックファストよ」

「大層な名前の紅茶だね。ふふふ」

「ミルクをどうぞ」

「はいはい、ありがとう。今日はお願いがあるんだよ。坂の下の郵便局か銀行、どっちでもいいんだけど、この住民税を払ってきてほしいんだよ」

「どれ？　ああこれね、いいわよ」

「今じゃなくていいよ。アリスが帰る時に寄ってくれたらで。領収の紙切れは来週持ってきてくれたらそれでいい」

住民税は地区によってそれぞれに金額が決められ、支払いをするまでのタイミングもそれぞれだった。ジョイス叔母は大丈夫だ、住民税について理解できている。

同時に私は母キャリルを思い出していた。母は市役所から郵送されてくる書類を受け取っても捨ててしまった。

「また市役所からの手紙だわ」怒りを含んだ口調で母が言う。

「なんて書いてあるの？」と私が尋ねると、

「大したこと書いてないわよ」

母は封を開けることなく封書を雑巾みたいに両手でぎゅっと絞ってごみ箱に入れた。

「大したこと書いてあったらいけないでしょ。ちょっと見せて」

「そこよ、ごみ箱」

「ええ！　開封する前に捨てたの！」私はイラつく気持ちを母にぶつけた。

「お母さん、子宮がん検診のお知らせと利用券じゃないの。もう！　こんなにくしゃくしゃにしちゃって」

「いいのよ。どうせ癌なんかではないわ。こんなに元気なんだから」

たまに市役所からの封書を開封しても母は、

「意味が分からないわ。どうしても伝えたいことがあるなら、市役所の人が直接会いに来るわよ」と言った。

母は比較的若く老眼が進んだ。ところが眼鏡屋でぴったりの度の眼鏡を作っても、どういうわけか半年もしないうちに度が合わなくなった。作り直す。また合わなくなる。その様なことを3～4回繰り返すうちに母は眼鏡を放り投げたのだった。

母は細かい字は目が疲れると言って書類を捨てた。その頃は母の横着だった。眼鏡の度がぴったり合わなくても少しの根気を出せば読んで理解することはできたはずだ。しかし、母をかばうわけではないが、その時代の市役所からの書類の多くは一般市民に親切であるとは言い難かった。

「すべての市民が理解しようがしまいがいいのです、でも該当者全員にお知らせはしましたよ」というのが市役所の根底にあった。

弁解させてもらえるのなら、私は銀行勤務と家事、ティーンエージャーの息子を育てることで毎日が手いっぱいで、母宛の市役所からの書類にまで手は回らなかった。

その後も母の横着がずっと続いているのだと思っていたが、ある時ふと書類を捨てるのは母の認知能力の問題ではないのかと疑った。事実その時の母の認知能力はかなりのダメージを受けていた。

私にぴったりと付いてくる母の面影、面影の母は体で私に怒りを表しながら、顔には涙があった。母の涙を見ると私はうつむく。

「アリス、どうかしたかい？　ぼうっとしてるようだけど」

「え？　何でもない。ちょっとお母さんのことを思い出していただけ」

いつの間にか叔母のマグカップの紅茶が残り少なくなっていた。

「新しい紅茶淹れるわね」

薬缶に水を入れ火にかけ、沸騰するのを待った。

「ねえ、ジョイス叔母さん、先週の海浜保養地での話。覚えてる？」

「もちろん、覚えてる」

私はバッグからペンダントを出した。

「これを見て、このペンダント。お母さんが化粧台の引き出しに入れていた物よ」

私はペンダントを叔母の前にそっと置いた。叔母はペンダントを手に取ってしばらくじっと見ていた、そして言った。

「やっぱり、キャリルは持ってたのね」

「やっぱりって？」

叔母は一つ呼吸をした。

「あの日水着を着ていたのは私たちの他に何人かいてね、地元の新聞に写真が載ったらしい。浜辺と水着の風景の。遠目の写真だから顔ははっきり写ってないんだけど」

　叔母はまた一つ呼吸をした。

「どうやらピーターがその新聞を見て、キャリルを思い出して。それで列車に3時間揺られて私たちの家の近くまで来た。家からキャリルが出てくるのを待ちぶせて、ついに会えた。私がキャリルから聞いたのはそこまで」

「でもピーターはどうやって家を知ったのかしら？」

「分からない。聞いてもキャリルは何も言わなかった。でも二人が会ったのは事実だよ」

「ピーターもやるじゃない。お祖父ちゃんたちには見つからなかったの？」

「その時点では両親は何も知らないはず。それまではね、私はキャリルとはかなり仲の良い姉妹だと思ってた。何でも話して隠し事の無い。それなのにキャリルはピーターに関しては何も話してくれなかった。何を聞いても黙ってたんだ。怒れたよ、ホント怒れた。あの日一緒にいたのはこの私なんだから」

「お母さんは頑固なところが多分にあったから。でもそこで終わりじゃないでしょ？」

「その後、両親も何かしら気が付いて問い詰めたけどキャリルはどうやっても言わなかった。それが夏の終わりのこと。本格的な冬が来る前にキャリルは親が決めた人、つまりアリス、あなたのお父さんのジャックと結婚したんだよ」

「ちょっと待って。ピーターがお母さん会いに来たのが夏の終わりで、それから3か月くらいでお父さんのジャックと結婚しちゃったの？　お祖父ちゃんはお母さんとピーターの結婚に反対だったのね。それで代わりにお父さんとの話を進めたのね」

「まだあの頃は階級がものを言ったからね。特に結婚においては」

「でも変ねえ、だってあのお母さんが多少の階級の違いくらいでピーターとの結婚をあきらめるかしら」

「私が覚えているのは、キャリルがジャックと結婚するなんて嫌だって親に泣いて訴えてたことぐらいだから」

「お母さんはお父さんが気に入らなかったのね」

「ジャックを気に入らないというより、はっきり言うと、キャリルはジャックの外見が気に入らなかったのだろうよ。ピーターと比べたら誰だって見劣りしたよ」

「お母さんからピーターのことを聞いたことは一度もない。そもそもお父さんとの出会いだって聞いたことがないわ。どうしてかな？」

「……分からない」

ここまでで私がジョイス叔母の家に来てから2時間近く経っていた。ジョイス叔母は次の言葉が出てこなくて考えたり、一生懸命思い出したりした。

「先週の叔母さんの話だとお母さんとピーターは何かあったのかもしれないけれど、叔母さんは知らない、ってことだったわよね？」

「……」ジョイス叔母は黙っていた。私も我慢強く黙っていた。

やがて叔母は言った。

「アリスごめんよ。実はね、そうではなかったんだよ。そんなきれいごとじゃなかった。知ってたんだよ。私たち姉妹は狭いこの家で暮らしてたんだから隠し事なんてできるはずない。誰かと誰かが話せば筒抜け、怒って怒鳴ったりすれば隣の家にまで筒抜けだよ。分かるだろ？」

「確かに」私は部屋を見渡した。

「今となっては時効だ、それにアリスは間違いなくキャリル姉さんが産んだ子なんだし」

叔母は遠い記憶の中に手を突っ込み、ズシリと質感のある物を引っ張り出した。

「簡単に言えば、ピーターとキャリルは、男女の、関係になって、結婚したい、って言いだした」

叔母は途切れ途切れに言った。

「その頃はまだ身分が、階級が物を言った。特に結婚ではね。両方の親たちが反対して結婚を許してもらえなかった」

私はぬるくなった紅茶を一口飲んだ。

「そこで二人は駆け落ちを実行することにしたんだけど、約束の日、約束の場所にピーターは来なかった」

母とグランドホテルのピーターが駆け落ちをする？　私は混乱していた。

叔母は両手で顔を覆い、涙を隠していた。

「事故だった。車の事故。約束の場所に行くために道を歩いていたピーターは、車に引っ掛けられてしまった」

「事故……」

「あの頃はまだ狭い道が多かった。馬車が走っていた時代の道をそのまま使っていたからね。道の端を急いでいたピーターは後ろから来た車に引っ掛けられたんだよ」

「車の、事故……」

「陽が落ち始め薄暗かったのもいけなかった。そしてピーターの事故の後、キャリルの妊娠が分かった」

「それで、どうなったの？」

「アリスのお祖父ちゃんとお祖母ちゃんがキャリルはこの家に置いとくしかない。悲劇だけど、私たち家族でお腹の子を、育てていくしかない、って言ったんだよ。もちろんそう決心するまでに少しばかりの時間はかかったけど。実際問題キャリルのお腹は日に日に大きくなっていったから他にどうしようもなかったんだ」

「ねえ、叔母さん、そのお腹の子って私のことよね。間違いない？」

叔母は頷いた。

「でもお母さんはお父さんと結婚したでしょ？　おかしいわよ、だって自分の子でない子を妊娠した女性と結婚しようなんて男がいる？　それがお父さんなの？　あり得ないわ」

気が付くと私はまくし立てていた。心臓が早鐘のように打っていた。

一方ジョイス叔母はこれから話すことのためにじっと言葉を選んでいた。

「アリス、お父さんのジャックには事情があったんだよ」

「どんな事情が？　わざわざ不幸の中に飛び込んでくるような事情って何よ」

またしても叔母は黙った。

「アリスも知ってるだろ？　近親の者同士で結婚することが続いた集落のことを。ジャックの祖先はあの集落の出身なんだよ。もちろんジャックに何も非はないよ。でも結婚となると……」

もちろんその集落のことは私も知っていた。この地方では知らない人はいない。その集落に生まれたというだけで色眼鏡で見られた。誰かその集落に縁のある人との結婚が決まりかけると、噂は集落を飛び出し一人でどんどん歩いて行った。面白おかしく歩いて行った。

偉大な遺伝学者を何人も輩出したこの国のこととは信じられない。だが豊かでない地方の孤立したような地形の集落。その集落に届く情報など無かったのかもしれない。「ずっと前の話でも、完璧に血がきれいになるには長い時間が必要だ、ってジャック自身が思っていた。だからジャックは自分の子を持とうとは考えていなかった。キャリルとの縁談はジャックにとっては悪い話ではなかったんだよ」

叔母は更に続けた。

「ジャックはいい人だったよ。上等な心を持った人だったよ。その上子煩悩だったのはアリス、あなたが一番知ってるよね」

絵空事のような話が60年経って戻ってきた。「キャリルは大好きなジャックと結婚しました。そしてアリスちゃんが生まれました。めでたし、めでたし」

当の私にも秘密にしなければならなかった話だったのだろうか。事実ジョイス叔母だって今の今まで話してくれなかった。

次第に部屋の空気が濃密になり確かな重さを持っていった。これ以上部屋の空気の重さに耐えられないという時、時計が一つ鳴った。

「1時。お昼遅くなったわね」

ジョイス叔母を見ると両手で顔を覆っている。私はのろのろと流し台に向かい、薬缶に水を張り紅茶の準備をした。

淹れた紅茶のカップをテーブルに置いた。ジョイス叔母はまだ両手で顔を覆ったままだった。

生涯誰にも言わないと決めていたのに私に話してしまい、話したことを後悔しているのかもしれなかった。

「ジョイス叔母さん、サンドイッチ食べて」

「ああ、」

ジョイス叔母は心がここに無かった。私もサンドイッチに手を出す気力が無かった。

「叔母さん、今日は何をしたらいい？　食料品のストックはある？」

「ああ、そうだ。冷蔵庫に買ってきてほしい物を書いた紙が貼ってあるから、それを買ってきてくれたらありがたい。それと今週はトイレの掃除ができなかったからお願い」

「ああこれね、トイレ掃除を済ませたら下の商店街で買ってくるわ。ついでに住民税も払ってくる」

トイレ掃除を済ませ、コートを羽織った。外は冬の空気に入れ替わっていた。私はその冷たい空気を思い切り大きく吸った。

エクル商店街でバナナ、牛乳、ハム、パンの買い物をし、住民税の振り込みを済ませた。買った物を手にゆっくりと坂を上ってジョイス叔母の家に向かい、ドアノックを小さく叩き、合鍵で入った。

「叔母さん、ただいま」返事が無かった。

「叔母さん、どこ？」

叔母は寝室にいた。

「頭痛がするんだよ。だから横になっていた」

「どんな具合？　ひどいの？」

「少しだけだから大丈夫だよ。買った物は冷蔵庫に収めておいてくれたらいいよ」

「ホントに大丈夫？」

「ちょっと横になってたら治るから」

叔母だけでなく私も頭痛がする。

「じゃあ、ここに住民税の納税証明置いておくね。また来週来るわ。もし頭痛がひどくなったら電話して」

「ああそうするよ」

叔母の寝室を後にし、キッチンの冷蔵庫を開けた。バナナと牛乳とハムとパン。頼まれて買ってきたのにどれも冷蔵庫に入っていた。叔母はちょっとだけ変だけど、でも大したことではない、そう思いたかった。

陽が傾き始めたせいで更に空気が冷たくなっていた。腕時計を見ると3時半。この季節あと30分もすると真っ暗だ。

バス停に着くと82番のバスはすぐに来た。オレンジ色の電気が灯った車内は座席が埋まっていたので、バスの中ほどで吊革につかまりながら揺られた。

私はこの街の、このエクル通りのことはよく知っている。坂のトップに信号がある登り坂の手前でバスがエンジンをふかす場所も、通り沿いにある5軒のチーズ屋のことも知っている。通りに屋敷と呼ぶのがふさわしい家が2軒あるのも知っている。

同様に母と叔母の実家、マーシャル家のことなら何でも知っているつもりだったのにそうではなかった。私の父親、本当の父が誰なのかさえ60歳の今日まで知らなかった。

私には家族がある。一人息子のハンフリーは独立して家庭を持ちこの街から車で4時間の所に暮らしていた。

夫のアランは画家だった。画家だった、と言うのはつまり絵が売れたのは過去のほんの一時期のことで、以来何をしているのかよく分からなかった。あちこちで生活しているようで、時々ふらっと帰ってきてまた出ていった。要するに風来坊なのだった。

夫のアランとどうして別れなかったのか自分でも不思議なのだが、アランが本質的に人間としての優しさを十二分に持っていたからだろうか、そしてその魅力に抗うことができなかったからだろうか。

アランに何かを頼むと必ず「いいよ、分かった」と言った。笑顔を添えて言った。ややこしく難しい依頼でも何はさておき努力して、大抵のことはやり遂げてくれた。それとも単に離婚が面倒だっただけなのかもしれない。

それ以前にアランも私も一人で生きていくのが好きなのかもしれない。時々会って肌触れ合って、全くの一人ぼっちではないと確かめられればそれで十分。これが一番の理由のような気もする。

昼に食べなかった豚肉のサンドイッチと市販のレトルトスープで夕食にした。何種類もの野菜と肉が一緒くたに煮てあるスープは見た目は美しくないが、底力のある味だった。

食事の後、間接照明だけを灯しソファーに掛けワインを開けた。栓が開くと葡萄《ぶどう》の香りが辺りに漂う。私はトクトクと注ぐ音に神経を集中させた。この音が好きだ。この音を聞くと私の体の細胞がワクワクうれしくてたまらないと、喜んでいるのが分かる。その日が良くなかった日であっても関係ないようだった。

ゆっくりと最初の一口を飲むとワインが体中を駆けまわる。今日は全くもって良い日ではなかったが、ワインは正直にいつもの味でいつものように美味しかった。育ての父ジャックは若くして病気が分かり、あれよあれよと言う間に命を保つだけで精一杯の状態になった。生物学上の父のことは、将来私に話そうと考えていたがその前に命が終わってしまったのかもしれなかった。

母キャリルには生物学上の父のことを私に話す時間はたっぷりあったはずなのに、何も言わずに逝ってしまった。母にも私に言えない都合があったのだろうか。

それでも、私には知る権利があった。

一週間はあっという間に過ぎる。その週の木曜日もジョイス叔母の家に向かった。82番のバスに乗って、ベーカリー・ワトソンでサンドイッチを二人分買って、ポリ袋を揺らしながら坂を上った。雨こそ降ってはいなかったが、手の届きそうな高さの空を灰色の厚い雲が覆っていた。

いつものように玄関横の窓を小さく叩き声を掛け、合鍵で入った。

「ジョイス叔母さん、アリスよ」

叔母は居間でテレビを見ていた。大音量のテレビからはローカル番組、半年前の夏に行われたベークウェル村の農産物品評会の様子が映し出されていた。

テレビでは「出品された改良の豚が全国大会で一等になった」と言っている。画面には多くの人々が改良された豚を見たり、バーベキューコンロで焼いた豚肉を試食していた。

少し離れた場所では、10軒ほどのチーズ工房が自慢のチーズの試食と販売を行っている様子が映っていた。

画面が再び豚を映し出し、この辺りで生産される豚は世界的に見てかなりの上物だと繰り返していた。

「ジョイス叔母さん、こんにちは。先週の頭痛はよくなった？」

「ああ、アリス、来てくれたのかい。頭痛？　ああ、頭痛は治まったよ。今ベークウェル村の番組を見てたところ。懐かしい光景だよ」

「ベークウェル。昔はよく皆で行ったわね。お父さん、お母さん、叔母さん、お祖父ちゃんが一緒だった時もあった」

「そうだったね、なぜかベークウェルに行く日はいつもお天気が良かった」

「そうそうお天気良かったわね。紅茶淹れてくる。テレビ見てていいわよ」

キッチンの正面から見える庭はすっかり冬の装いだった。庭に住むリスたちが真冬に備えて忙しそうだ。数えてみると6匹いた。

私が紅茶を淹れた頃合いを見計らって、ジョイス叔母はキッチンにやって来た。珍しく叔母の顔にはふっくらした優しさがあった。いつもは顔の皺が集まってしかめ面をしているように見えた。もちろん怒っているわけでもないし、何か不快なことがあるわけでもなかった。歳のせいで顔の筋肉が下がって、皺が深くなってしかめ面に見えるだけだが、今日は皺をほぐすように笑みが覆っていた。

「どうしたの？　ジョイス叔母さん、今日は何かいいことあったの？」

叔母は口を開かずに「ふふふ」と笑った。

「さっきのベークウェル村のニュースを見てて思い出した。キャリルと私のやり取りを。そうだねえ、あれからもうずいぶんになるねえ」

「お母さんとの思い出があるんだ。聞かせてよ」

「そんなんじゃないよ。全然いい話じゃない。面白くないどころか、アリスが聞いたらがっかりするような話だよ」

その話は母も叔母もまだそれなりに若く元気だった頃のことだ。二人とも仕事を辞め、時間もたっぷりあった。

「ベークウェル村の農産物品評会、確か明後日からよ。私行きたいな。姉さん一緒に行かない？　ブランソン家のチーズ、今年はたくさん出るみたいよ」叔母が言った。

「そうなのね、もうベークウェルの季節なのね」と母。

「今年の豚の品評会は例年になく盛り上がるみたい。何でも出品する養豚家の数が過去最高だって。またその肉が上等らしくって、小売りもされるんだって」

するとと母キャリルが言った。

「あの地区は丘と森が延々と続いているからキツネ狩りにはぴったりだわ」

「キツネ狩り？」

「そう、キツネ狩りよ。皇太子がキツネ狩りに来るから、遠くから眺めたい、って話でしょ？」と母。

「皇太子がキツネ狩りに来るって話、誰から聞いたの？」

「嫌だ、ジョイス、今あなたから聞いたんじゃないの！」

「違う、違う。キャリル姉さん、違うわ」

「えっ？　キツネ狩りって聞こえたけど」

「私はね、豚の話をしていたの。ベークウェル村の農産物品評会に出される豚の話。姉さんと一緒に行けたらいいな、って。お互いに聞き間違っちゃったんだわ。歳を取ると耳も悪くなる、嫌ね」

「そうなの？　私はてっきりキツネ狩りをするのかと思った」

「キツネ狩りをするの？　姉さんと私が？　私たちには無理よ。第一鉄砲だって持っていないじゃない」

「そうね、そうだわね」母のキャリルは考え込み自信なさそうに言った。

「じゃあ誰がキツネ狩りをするの？」

「キツネ狩りは誰もしないわよ。ベークウェル村に豚肉やチーズでも買いに行こうか、って話よ」

「そうなの！　嫌だ、私聞き間違えたのね」

「大したことじゃないわよ」

「大したことよ。嫌だわ、どうして聞き間違えちゃったんだろう？」

二人共若い時だったら大笑いで済んだ。でも歳を取った二人には大したことなのだった。

「キャリルとの会話はそれだけのこと。さっきのニュースでちょっと思い出して、ああ、そんなこともあったな、って。それだけ。良くない話、がっかりする話だよ」

ジョイス叔母と母キャリルは、耳が遠くなったのと母の認知能力のせいで、お互いに違うテーマの話をしながらお互いに笑い合っていることが時々あったそうだ。

二人の話が頓珍漢でかみ合っていない時、ジョイス叔母はわざと大きく笑った、できるだけ楽しそうに笑ったそうだ。

「叔母さん、そろそろお昼よ。サンドイッチ食べようか。今日は卵のサンドイッチよ。叔母さん卵のも好きでしょ」

「早いね、もうそんな時間」

「そうよ、もうお昼よ。午後からのことだけど、今日は何かやってほしいことある？　私2階に上がったことないけど、たまには2階も掃除した方がいいよね？　今日は2階の掃除しようか？」

「いいよ、2階は。今日も食料品の買い出しだけお願いするよ」

「分かった。買い物は食事の後で行くね」

サンドイッチの初めの一口だけをかじった後、軽い調子で聞いてみた。

「ねえ、叔母さん、この前言ってた教会の寄付のことだけど」

「教会の寄付？　ええと……」

「あっ、いいのよ、私の勘違い」

ジョイス叔母に不安げな表情が浮かんだ。叔母は教会の寄付の話をすっかり忘れてしまったのだろうか。寄付の話に戻らないように慌てて話題を変えた。

「今日のサンドイッチどうかしら？」

「良いよ。ねえアリス、さっき言ってた教会の寄付、どんな話だった？」

「いいの、いいのよ。ホント私の勘違いよ」

叔母は私がはっきりと言わないのが不満そうだった。それでも、「今日の卵サンドは柔らかいね」と言った。

寄付の話が続かなくてよかった。私は、「寄付の話は無い、教会で確かめてきた」と叔母に伝えたかっただけだ。

それとも叔母から言い出さない限り、寄付の話を持ち出してはいけなかったのだろうか。

私は認知症の母を送ったのに、いまだにこの病気との付き合い方が分かっていなかった。

「そうそう前からずっと聞きたいと思ってたのだけれど、叔母さんはどうして結婚しなかったの？　叔母さんの時代、周りの人ってほとんどの人が結婚したでしょう？　本人が結婚を望むとか望まないかにかかわらず。お祖父ちゃんたちも叔母さんが結婚するのは当たり前って考えていたんじゃないの」

「そうだねえ、どうしてだろうね」

「彼氏は一度もいたことがないの？」

「私はデパート、エールブラザースで働いていた。エールブラザースは今でもある。知ってるよね？」

「もちろん知ってるわよ。時々行くわよ。この街では一番のデパートだもの」

「毎朝流行の服を着て化粧もして。バスに乗って市の中心部で降りて。当時としては最高のデパートだって思ってたよ。私は1階の手芸用品売り場に配属されてチマチマした物を売っていた。お客のほとんどが女性で、気分が弾む売り場ではなかったけれど、ひょんなことから7階の家電品売り場の男性社員と知り合って付き合うようになった。地味だけど堅実そうな人だったよ。彼についてキャリルには何でも話していた。だってキャリルが細かく聞いてくるんだからね」

ジョイス叔母はゆっくりと時々休みながら、咳き込みながら、それでも楽しそうに語ってくれた。

「へえ、彼氏もいたんだ。どうしてその人と結婚しなかったの？　お祖父ちゃんが反対でもしたの？」

「反対はされていないよ、彼氏とは階級も同じだったからね。今となっては自分でも分からない。どうして結婚しなかったのかね」

「その結婚に誰も反対していないのよね。もっと素敵な人が現れたとか」

「そうだねえ、ある時仕事でロンドンに行く機会があった。その頃はね、好景気だったんだよ。エールブラザースも古臭いままでは生き残れない。だから会社は社員にロンドンのデパートを見て、知って、新しいエールブラザースに変わる原動力にしてもらおうとした」

「なるほど、それでロンドン出張なのね」

「私はロンドンは生まれて初めてだったし、地下鉄乗るのさえオロオロするし、建物の高さがあるせいで道に迷うし。やっとのことでロンドンのデパートの入り口に立った時は、その日のエネルギーを使い果たしたような気がしたよ。その上すごく緊張した。だって入り口の造りからして豪華さが全然違ってたから」

「へええ、当時からそうなのね」

「売っている物もとても良い物ばかりで、客層が違った。要するに何もかもが違った。ロンドンのデパートにいる間は違う国にいる感じだったよ。デパートは商品と同時に夢も売る商売だ。出張が終わって地元に戻った途端エールブラザースがとても貧相なデパートに見えて、エールブラザースには売る夢なんて無いように思えてしまったのさ」

　叔母は昔の記憶を壊れ物を扱うようにそっと大切に引っ張り出していた。

「そのショックは中々私から消えてくれなくてね、引きずったわ」

「そんなに違ったのね」

「そのうちに7階で働く彼のことまで何だかね、つまらなく見えてきて。何て言うのかな、彼と結婚して家庭を作って、それはそれで結構なことなんだけど、彼はお金にも人生設計にもあまりに堅実な人だったから、人生の先まで見えちゃった気がしたんだよ」

「ふうん」

「彼と結婚した私があのロンドンのデパートで買い物することなんて一生無いなと思ったら、彼の堅実さも色あせてしまってねえ。一度きりの人生なら自分の好きな時に好きなようにお金を使って、いや、お金と言うよりも、何て言うか要するに誰かに制限されるような生活はしたくないなって思った。その後彼とは別れ、デパートも辞めたんだ」

ジョイス叔母は話すことに一生懸命で、まだサンドイッチに手を付けていなかった。時々体を震わせながら、しゃがれ声を紅茶で潤し、少しばかり声に艶を足しながら話した。

「ふうん。お祖父ちゃんやお祖母ちゃん何か言ったでしょ？」

「もちろん怒っていたよ。両親には私の気持ちをきちんと話したのだけど、全然理解できなかったみたい。どうして彼との真っ当な人生を棒に振ってしまうのかって」

「でしょうね、あのお祖父ちゃんだもの。それにしても叔母さん頑張ったのね、親にも時代にも逆らって自分の意志を通して」

「あの時はね、どうしてあんなに頑張れたんだろうね。自分でも呆れるよ」

ジョイス叔母はにっこり笑った。

「その後は彼氏はできなかった。彼氏に対する理想が一段高くなっちゃったしね。だから両親とこの家に住んで、両親を送って。後悔はないけれど、もしロンドンのデパートを知らなかったら、別の人生を歩んでいたのかなとは時々思ったよ」


デパートを退職したジョイス叔母は生計を立てる方策を探した。そして叔母が選択したのが小間物屋を開く、ということだった。

ちょうど地元のエクル商店街の一角が空いたことも背中を押した。デパートでは手芸用品の売り場にいたため、そこでの知識を生かせるということもあった。

扱うものは糸やボタンやリボン、レースやファスナーなどの洋裁用品と編み物の毛糸と針。婦人用の下着、化粧品や香水。見本帳から生地を取り寄せたり、時にはウエディングドレスを仕立ててほしいお客と仕立屋の仲介をしたりもした。

店は小さくお客が五人も入るとぎゅうぎゅう詰めであったが、細々とした物が色とりどりに整頓された店は居るだけで楽しく評判は上々であった。小間物屋は地味な仕事だけど、人々に楽しい夢を与えた。

ジョイス叔母は余分なことをしゃべらないので、お客からの信頼が厚かったことも繁盛の一因であった。

「シミが消えるクリームがあるって聞いたんだけど。見て、ここにできたシミが日に日に濃くなるの。何とかしたいのよ」

「先日買ったこの下着、腿の所が食い込んで痛くなるんだけど、もっといい商品ない？」

女性のプライベートで繊細な注文が多いから小間物屋経営にゴシップ好きな人は向かない。扱う商品が小さいので大きく儲けることはなかったけれど、叔母の店は地元の人たちに支持され続けた。

それでも時代の波が来て、自分で服を作る人が減っていき、下着や化粧品がスーパーマーケットでも売られるようになった頃、ジョイス叔母はすっぱりと店を畳んだ。ちょうど60歳になったこともあって辞めたのだった。

叔母より少し前、母キャリルも公共放送の受信料関係の仕事を辞めた。母も叔母も時間はできたし、面倒を見なければならない家族はいない、その上互いの家はバスに乗れば10分だ。

「叔母さん、紅茶淹れ直すわね」

「おや？」叔母の五官が忙しく回る。

「どうしたの？」

「雨の匂いだね？」

　本当だ、雨の匂いがする。換気扇のわずかな隙間からの匂いだった。もっともこの家は隙間だらけだから雨の匂いはどこからでも入ってきた。しばらくするとキッチンの大窓に雨が当たるようになった。

「降ってきたわね。でもしばらくしたら止むわ。買い物は大丈夫よ、行けるわ。叔母さん、雨の匂いだってよく分かったわね」

「雨はキャリルを思い出す時のキーポイントだからね」

「キーポイント？」

「雨には思いがあるから。キャリルへの思いが。雨の日には思い出す」

「どんなこと？」

「いいことなんかじゃないんだよ」

「お母さんが何かしでかしたのね」

「しでかしただなんて。でもそう、そうかもしれない。あの頃からキャリルはもう変わってしまったんだ、って悟った」

　更に雨が強くなってきた。

「ある日私がシティーセンターでの買い物を終えて、82番のバスで帰る時のこと。雨が降っていた。ハンターズゲートの辺りだったよ。吊革につかまってバスから外を見ていたらキャリル姉さんが目に飛び込んだ。間違いない、キャリルだわ。傘もささずに何しているの？」

「ホントにお母さんだったの？」

「そう。傘をさしていないばかりか顔が引きつったように真っ白で真剣だった。だから慌ててバスから降りて駆け寄った。キャリル、って声を掛けようとした時、見たのよ」

「見た？」

「お札を、10ポンド紙幣だったと思うけれど、女の人に握らせようとしていた。私の知らない人よ、その人は明らかに気味悪がって受け取ろうとはしていなかった。むしろ逃げようとしていた。でもキャリルはその人のコートの腕の辺りをぎゅっと摑んでその人を離すまいとしてたんだ。私がその人からキャリルを離そうと割って入って。やっとキャリルは私に気が付いた。あらジョイス、って。私だとは分かったみたい」

私は首を左右に振った。叔母は続けた。

「ジョイス、あなたにもあげるわ、たくさんあるから貰って」

私が知っている市の中心部でのことと同じだった。

「キャリルのバッグには現金がたくさん入っていた。30枚くらいあったはずだよ」

母は現金を配ることを、私が知っているよりも頻繁にしていたに違いなかった。

話し終えた叔母は小さく背中を丸めてうつむいてしまった。私はすっかり冷めてしまった紅茶を飲み干し叔母を見やった。

「あの日以来私もしばらく寝込んでしまったしね。アリス、あなたに電話しようかと思ったけど止めた。アリスが知ったってキャリルは何も変わらなかったよ。もう以前のキャリル姉さんを取り戻すことは誰にもできない、って分かったから」

「叔母さん、サンドイッチ食べて。雨止んだみたいだから、買い物に行ってくるわ」

私はのろのろとコートを掴んで外に出た。街路樹はほとんどの葉を落とした。道路から細く覗く隣家の庭。隣家の庭の木もすっかり葉を落とし寒空に耐えていた。


叔母から聞いた母の現金配りの話は、私にまとわりついた。まとわりついてくる人の顔を見ると母の時もあったが、知らない他人の時もあった。

「可哀想に。まだ若いのに。でもあの人はもう私たちとは違うのよ」

多くの人は分別の付かなくなった人に対して自分と同列に見ることは無い。

もちろん母は悪くない。でもどうやったら母の現金配りを止められたのだろうか。

どこかで誰かに話したら「仕方のないことよ」「経験する人多いわよ」と慰めてくれたに違いない。でも母の良くない思い出を誰かに話せば私にまとわりつく母の面影を遠くに遣ることができたのだろうか。

私は毎週木曜日ジョイス叔母を訪ねた。82番のバスを降り、エクル商店街のベーカリー・ワトソンでサンドイッチを二人分買って、それを手にぶら下げて坂を上って、70m上ったら右に折れて7軒目のジョイス叔母の家に通った。

叔母は多くの時間を玄関横の部屋のソファーに座っていた。いつも手にしているのは古い手紙。ソロンバリー社のチョコレートクッキーの空き缶に仕舞われた手紙だった。

手紙は何束かに分けられ、束ごとに半分の大きさに折られ、リボンで括られていた。花柄のリボン、緑と白の縞模様のリボン…どの手紙もジョイス叔母によって何度も読まれて何度も畳まれて折り目と皺が付いていた。そしてどの手紙も黄ばんでくたびれていた。

叔母はテーブルに置いた缶の蓋を開け、中から一束を取り出す。そして膝の上に置き、おもむろにリボンを解く。解いたリボンを缶の横に置く。

手紙の束は半分に折られているので、それを開き、次に乾いた叔母の手で真ん中から上下に、再び真ん中から左右に丁寧にさすって伸ばす。一呼吸し、自らの縮んだ背筋をそれなりに伸ばす。

膝の上の束の中から今から読む手紙を選んで取り出し、残りは叔母の座る隣に置く。

1枚か2枚だけを両手に持って、そして読み始める。一連の動作は茶道の作法のように滑らかに順序正しく行われた。

ジョイス叔母はすぐに落ちてくる眼鏡を上にあげ、時々目を閉じて首を後ろに反らし、はぁーともふぅーとも聞こえるため息を漏らし、また手紙に目をやって一日の大半を過ごしていたのだった。

短くなった鉛筆を持って手紙に書いていることもあった。鉛筆を持つだけで小刻みに震える手、その手に渾身の力を込めて何か書いていた。

「叔母さん、いつも手紙読んでるけど誰からの手紙なの？」私はできるだけ軽い調子で聞いた。

「え！　ああ、この手紙かい。つまらないどうでもいい手紙だよ。古くて捨ててしまいたいような手紙だよ」

「私が捨ててもいい手紙なの？」

「いや、捨てるのはもう少し待って」慌てて叔母が言った。

ジョイス叔母は「外食」と呼べる食事をしたことがなかった。80年間のうちに一度もなかったのか？　と問われたら疑問はあったが、少なくともこの10年間はなかった。

スーパーにはレトルトも総菜も冷凍品もあるし、パン屋のサンドイッチ、屋台のフィッシュアンドチップスやサモサ、持ち帰りの中華もインド料理もある。そういったものを私が買ってくれば喜んで食べた。

でも基本的にジョイス叔母は自分で食べる物は自分で用意してきた。

朝はコーンフレークに牛乳をかけたものとバナナとりんご。りんごは叔母の人生とずっと共にあったので止めることはできないといって、皮ごと薄くスライスしてかじっていた。

昼は食パンにハムとチーズを挟んで食べた。

最近でこそ夕食は、私が買ってきたプラスチックのトレーにおかずが3種入っている冷凍品を電子レンジで温めていたが、以前は具だくさんのスープとオーブンで焼いた肉の塊をスライスして食べていた。スープも肉も一度作れば3～4日は食べられた。


ジョイス叔母の誕生日は6月13日。

「ジョイス叔母さん、アリスよ」

その日も叔母はソファーで手紙を読んでいた。そして手紙の一点をじっと見つめていた。やっと視線を手紙から外すと、

「アリス、いつ来たの？　全然気が付かなかったよ」

「真剣に読んでいたのね」

「何でもない。ところで今日は来てくれる日だったかい？」

「ジョイス叔母さん、お誕生日おめでとう」

「今日は…6月13日」

「そうよ、今日は6月13日、叔母さんの誕生日よ。86歳になったのよ」

「86！　年取ったものだね」

「はい、バースデーカードよ。お茶淹れるわ」

叔母の手を引いてゆっくりダイニングに移動する。

「ふふふ、大きなカードだねえ」

「開けてみて」

「最近、手が思うようにさっさと動かなくて。アリス開けてくれるかい」

封筒を切ってカードを出す。ミモザが花瓶に入っている様子の立体カードを組む。

「わあ、きれいな黄色、華やかだね」

「私が焼いたアップルクランブルよ。昔叔母さんよく焼いてくれたわね」

「アップルクランブル。久しぶりだねえ。庭のりんごはとっくに終わってる。りんごはどうしたんだい？」

「スーパーにはりんごくらい一年中あるわよ」

アップルクランブルを皿に載せて出す。

「このスミレの花模様、懐かしい。お祖母ちゃんがよくこのお皿にお菓子を載せて出してくれたわ」

「このスミレの花の皿は私が生まれた時にはこの家にもうあった」

「ホント？　へえ！　ということは80年は使っているということね。すごい！　大事に使ってきたのね」

「可愛い絵柄だろ。このスミレはこの家の色々を見てきたのさ」

「アップルクランブル、美味しくできてる、良かった」久しぶりに焼いたにしては上出来だった。

「残りはラップして冷蔵庫に入れておくから明日にでも食べてね」

「ああ、ありがとう。ところでね、アリス、聞いてほしいことが有るんだけど」

「なあに？　何でも言って」

「前々から思っていることなんだけど。上手く言えないかもしれないけど」

「うん」

「最近、と言ってもずいぶんになるんだけれど、どうも頭が以前と違うような気がする。色々な場面で頭が働かなくなってきているのが自分で分かる」

「確かにそうなの？」

「確かだよ。何か考えようとすると頭の中がざわざわし始めて、そっちに気を取られているうちに何を考えようとしていたんだか忘れてしまうんだよ」

「でも今私と話してて何もおかしいところはないわよ」

「今日は頭の中のざわざわが少ないからね」

私はジョイス叔母に気付かれないように静かに大きく息を吸って長く吐いた。

「叔母さん、これからどうしたい？　病院に行きたいのかな？　一緒に行くよ」

「アリス、私はもう歳だから病院は御免だよ。体に薬を入れるのは要らない。副作用で余計に頭が混乱しないとも限らないだろ」

「今は副作用も少なくて、よく効く薬があるはずよ。試してみる価値はあると思うけど」

「いいや、もういい。こっちが治ってもあっちが悪くなる。人間の体には本来の自分が持っているバランスが大事だよ。そのバランスが取れなくなったら、もう終わりでいい」

私たちが座るテーブルの周りが緊張し始めたのが分かった。使い込まれた傷だらけのテーブルは何度もこの家の緊張を経験してきたに違いない。

「アリス、そんなにしょんぼりしないでおくれ。頭が多少はおかしくなっているけれど、まだまだ大丈夫だから」

「うん」

「頭だけでなくて、もし体に大きな病気が見つかっても、もう治療は要らないよ。苦しい治療を終えたその先の人生はもう要らない」

叔母は冷めた紅茶を一口飲んで続けた。

「人には寿命ってものがある。傷んだ体を薬でだましだまし長く使うのも必要な人には必要だ。でも私は要らない。分かったね」

私は叔母の目を見ながら頷いた。叔母は心底ホッとした様子を見せた。

気を取り直して私は言った。

「叔母さん、お昼何か作ろうか？」

「アリスのクランブルでもうお腹いっぱいだよ。今日はやってもらうこともないし」

「じゃあ、今日はこれで帰ろうかな。木曜日また来るからね」

「あっ、そうそう。教会の屋根の修理の寄付のことだけど、アリス、今日振り込みに一緒に行ってくれるかい？　すぐに済むから」

叔母はいつもは曲がっている指を一瞬ぴんと伸ばして言った。叔母の「そうそう」は大事なことを、何としても話さなければならないことをこれから話すわ、という時の枕詞なのだった。教会の屋根の修理、寄付の金額は1万ポンド。

「ジョイス叔母さん、今日は土曜日で銀行がお休みなの。次の木曜、ええと18日ね、18日にまた来るから。銀行はその時に」

壁のカレンダーを外して叔母の前まで持って行き日にちを指で示した。

「そうだった、今日は土曜日だったね。銀行は休みだったね」

教会の話が出る度に私は嘘を言って、ごまかして、逃げた。教会の屋根の修理の寄付。どこかに結びついていくのだろうか。


初夏の木曜日、いつものように叔母を訪ねた。街路樹は堂々と緑の葉を茂らせている。家々の庭は色とりどりの花が咲き、芝生は水を浴びて輝き、太陽は眠る時間を惜しんで働いていた。

「ジョイス叔母さん、こんにちは。変わりない？　まあ、きれいな色ね。その毛糸どうしたの？」

「二階から持ってきたんだよ。二階に置いておいても仕方ないからね」

「二階に上がったの？」

「ゆっくり上がったから大丈夫だよ。本当は探し物があって二階に上がったんだけどね、見つけることができなかったんだ」

「探し物？　何を探していたの？　私が探してくるわよ」

「いや、いいよ。大したものじゃないから。また今度でいい」

「叔母さん、二階はずっと掃除してないから埃っぽかったでしょう？」

「ああ、そうだね」

「次は私も一緒に上がるわ。言ってね」

「まあ、そうだね」


昼食に買ってきたサンドイッチを食べ終わる頃、叔母は私の目を見て言った。

「アリス、お願いがあるんだよ」

「なあに、何でも言って」

「いつでもいいよ、いつでもいいんだけど、昔キャリルと行っていた海浜保養地の海が見たいんだよ。車の中からちょっとだけ見ればいい」

「何だ、そんなこと。いいわよ、いつでもドライブするわよ」

「そうは言っても少し遠いだろ、運転大変じゃないかい？」

「大丈夫よ、それくらいは。さっそく来週の木曜日にでもどうかしら」

「有難いねえ。お願いするよ、来週だね」

最近の叔母は以前より目が見えにくくなっているようだった。手紙の読み方も以前よりずっと遅くなった。もっと見えにくくなる前に見て、心に焼き付けておきたい景色があるのかもしれなかった。

翌週の木曜日、海浜保養地へ行くために朝早くから叔母を迎えに行った。

私は車を持っている。買い物などに週の半分は使っていた。しかし叔母の家の前は道幅が狭く長時間駐車することが難しい。それで叔母の家にはバスで通っていたのだった。

叔母は海を連想させるような真っ青な色のワンピースを着て、玄関ホールに置いてある電話台の椅子に座って待っていた。電話台の椅子は長電話する時に使っていた物だ。

「わあ！　ジョイス叔母さん、その青色のワンピース、とても良く似合っているわ」

青色は叔母に似合っていた。叔母の髪は癖があるせいでふわふわと軽く、色が抜けて銀色。銀色の髪とくっきりしたワンピースの青色がいい感じに調和していた。

早い夏のせいか道は空いていた。

「音楽かけていい？」

「もちろんいいよ」

アルフレッド・ブレンデルが弾くピアノ、シューベルトの即興曲第三が気高く美しく流れた。この曲を聴くと、人生には色々なことが起こる、良いことも辛いことも。どんなに悩み苦しんでも振り返ってみればそんなに悪くなかったなって思わせてくれる、そんな曲なのだった。

「おや？　さっきもこの曲流れたね」

「そうなの、この曲は私が最近気に入っている曲なの。だから今日は繰り返し流れるけどいい？」

「穏やかで美しい曲だね。今日のお天気にぴったりだ」

「確かに、叔母さんの言う通り、今日は一日晴れ、海日和ね」

モーターウェイと一般道を乗り継いで3時間ほどで海浜保養地の町に着いた。

私には計画があった。それはジョイス叔母と母がピーターと出会ったグランドホテルのラウンジでお茶をすること。グランドホテルがまだ存在し、営業していることはネットで調べてあった。

叔母に何も話さずにいきなりグランドホテルに連れて行ったら驚いて嫌がるかもしれないので、モーターウェイを降り、あと15分で着く頃車を道路の脇に停めた。

「叔母さん、ちょっと疲れたわね、トイレにも行きたいでしょう？　どこかカフェでも探すわね」

「そうだね、でもトイレはまだいいよ。車から降りたり乗ったりが大変だから。それより海の見えるところまで行ってくれないかい」

「うん、分かったわ。あと少しで海が見えてくるはずよ。ところでね、叔母さん、グランドホテルは今も営業しているみたいなの。グランドホテルでトイレを借りて、ラウンジで私とお茶を飲むのはどうかしら。海も見えると思うわ」

助手席のジョイス叔母はまっすぐ前を見ていた。そして黙って頷いた。

「じゃあ、グランドホテルに行くわね」

更に車を走らせ、グランドホテルの駐車場に入った。夏休みには早いせいか駐車場は空いていた。叔母を見ると一生懸命にホテルを見ている。名残を探しているのだろうか。車から降りた叔母の手を引いてゆっくり歩く。近くに波の音が聞こえた。

駐車場と繋がっている裏玄関からホテルに入り、叔母がトイレに入っている間に海の見える所を確認する。ゆっくり海を眺めるのならラウンジよりレストランの方がよさそうだ。

「叔母さん、レストランの方が海がよく見えるわ。それともラウンジがいい？」

「ホテルの中はすっかり変わってしまっている。仕方ないね、姉さんと来ていたのは大昔なんだから。いいよ、どこでも」

レストランの天井は高い。丸く張り出した窓、窓のカーテンは内側のレースと外側は深い緑色の生地に白とピンクのバラの模様。レストラン中央辺りに大きな円い柱、上部はサーモンピンク色、下部は青緑色。ホテル全体が斬新な感じはしないけれども、どこか昔からなじんだような風情の内装だった。

ホテルは砂浜に面した崖に立っていた。テーブル横の大きな窓は海に向かって張り出し、真下の砂浜は初夏の日差しを受けている。遠くの岬には灯台とヨットハーバーが見えた。まだ夏のシーズンには早いせいで人影はまばらだ。砂浜ではカモメが鳴きながら餌を探していた。

私たちは窓辺の席に座り、キャロットケーキと紅茶を注文した。ジョイス叔母は席に座った時から一心に砂浜を見つめている。

しばらくしてケーキと紅茶を運んできたのは若い女性だった。ここで働き始めたばかりなのか手つきが少々ぎこちない。彼女は白いケーキ皿をテーブルに置き、次にカップを置く。私はその手つきを眺めていた。

その時叔母が「ピーター」と小さく言った。確かに「ピーター」と聞こえた。ジョイス叔母は一心に海と砂浜を見つめていた。

私は黙ってケーキを食べた。私が食べ終わっても叔母は海を見つめている。

「叔母さん、紅茶冷めちゃうよ」と小さく声を掛けると、叔母は紅茶とケーキが目の前にあることに気が付いたようだった。

レストランには私たちの他には夫婦らしき一組がいるだけ。従業員三人は時間を持て余しているようで小さく笑いながら目で合図を送り合っている。所々開いている窓から入ってくる海風が、レースのカーテンをのんびりと揺らしていた。

叔母はケーキを食べ終えると言った。

「アリス、十分海を堪能したよ。帰ろうか」

「え！　もう帰るの、疲れた？」

「疲れてはいない。もう十分に海を見た」

「ジョイス叔母さん、お昼ご飯はどこで食べたい？　このレストランでこのまま食べてもいいし、海を見ながらこの辺りをもう少しドライブしようかと思うんだけど」

「ケーキでお腹はいっぱい」

「そうなの？　このまま帰ればいいのね？」

「そうしておくれ」

３時間運転し続けてきた私はあと少しこのまま座っていたかったが、叔母が言うなら仕方がない。

車に乗った私は叔母に言った。

「折角ここまで来たのだから、町をぐるっと回ってそれからモーターウェイに乗って帰ろうかと思うんだけどそれでいい？」

この町は大きくはなかった。夏の一時期は大勢の人でにぎわうのだろうが、夏のシーズンを除くと町は地方の海辺の町の顔だった。私はゆっくり車を走らせた。

学校の前を通った。休み時間なのか子どもたちが校庭を走り回っている。この地域を地盤とするスーパーマーケットを通り過ぎた。更に行くと全国に店があるカフェがあり、同じ並びには昔ながらの商店が並んでいる。ちょうど昼食時だからか歩いている人は少しだった。

更に行くと住宅が肩を寄せ合うように立ち並んでいる地区を通り過ぎた。住宅が途切れた先の緩い坂を上ると道は平坦になった。平坦な道を行くと左手に教会があり、私は教会の裏に面した道をゆっくりと進んだ。

「アリス、ちょっと止めて」突然叔母は言った。はっきりした声で言った。

「どうしたの？」

ジョイス叔母は目をぎゅっと閉じていた。

「具合悪いの？」

叔母は首を振り「しばらくじっとしていたい」と消え入るような声で言った。

私は車を路肩に寄せ叔母の具合は大丈夫かと観察した。

やがて叔母が言うには、

「もうずっと前の、大昔の記憶だから間違ってるかもしれないけれど、この教会、ここがピーターの眠っている教会だと思う。屋根の尖塔に見覚えがある」

「本当？」

その教会は潮風に吹かれてどっしりとたたずんでいた。時間をはるかに超え、人々の営みを見続けながら、ただ黙ってそこに建っていた。

「言われてみれば、尖塔が特徴的よ、スパイラルになっているわね。降りてみる？」

「いや、降りなくていい。そうだよ、この教会だよ。はっきり思い出した」

「私だけ降りていって、教会の人がいたらピーターのこと調べてもらうわよ」

「いや、いいよ。何もしなくて。アリスが訪ねて行ってもピーターが生き返るわけではないから。だからいい」

叔母はそのまま黙り込んだ。

ピーターは若かったし、キャリルのお腹には私がいた。人生これからという時に交通事故で亡くなってしまった。

教会の周りを車で一周し、墓地がよく見えるところに車を停めた。墓地に面した通りは通る車がほとんどなく静かだ。叔母は黙ったまま教会の墓地を一心に見つめていた。

ピーターは私にとって生物学上の父親。その父が眠る教会。私も黙ったまま墓地を見つめ続けた。しばらくして、

「アリス、車出しておくれ」

「もういいの？」

「キリがないから」叔母は唇をまっすぐに結んでいた。

車を出した私はモーターウェイに乗る前に海が一望できる高台で再び車を止めた。波が押しては引いて、引いては押してを繰り返している。向こうの岬ではカモメが鳴きながら青い空を背に舞っていた。

「見納め」ジョイス叔母がつぶやいた。

「また一緒に来ればいいわよ」

「いいや、もう来ることはないよ」叔母ははっきりと言った。そして、

「私はね、ピーターの夢を未だに時々見る」

「え？　そうなの？　だってピーターが亡くなって60年よ」

叔母は続けた。

「この歳になるまで何度ピーターの夢を見たんだろう。その度にピーターがこの世にいない現実をはっきりと自覚させられた」

叔母の目にはうっすらと涙が浮かんでいた。

「あの日紅茶を運んできたピーターの仕草、手と指の形。浜辺で一緒におしゃべりをした時のピーターの言葉の一つ一つ、仕草の一つ一つが時々ふっと浮かぶ。それなのにピーターが選んだのはキャリル姉さんで、私ではなかった。私だってピーターを慕

う気持ちがこんなにも長く続くなんて思ってもみなかった」

ジョイス叔母は力を振り絞って話した。涙が溢れてきて顔がくしゃくしゃだ。私はハンカチを渡した。

私は助手席の叔母の手を握り、そして叔母の両肩を抱いた。叔母の体は細かく震えていた。きっと生涯誰にも話さないと決めていたであろうピーターのことを、成り行きで私に話したせいだ。

「ピーターが亡くなったのは25歳くらいよね？　その若さのピーターが夢に出てきて、86歳の叔母さんとおしゃべりしたりするのよね？」と私。

叔母は涙の残るくしゃくしゃの顔で、

「ふふふ」と笑った。

「まさか、そんなこと。そうねえ、ピーターはね、私の心の中では私と同じように歳を取っていった。よく亡くなった人はそのまま歳を取らない、っていう人がいるけれど、私の中のピーターは違う。私と一緒に歳を取っていった。ああ、でもそれって正確ではないね。時間は関係ない。私の想像の中では、ピーターが若ければ私も若い。ピーターが歳を取れば私も歳を取っている」

「最近ピーターの夢を見たの？」

「そう。その日のピーターはすっかりおじいさんになってしまって、もう僕はジョイスの前には出られない、って言ったんだ。それでピーターに最後のお別れを言いたくて。最後のお別れなんだから、やっぱりピーターと出会ったこの海で言いたい、そう思ったんだよ」

ジョイス叔母は時々声を詰まらせ、新しい酸素を補給しながら話した。

「それももうすぐ終わるよ。もうすぐ私の寿命が終わるからね。偶然だったけどピーターの眠る教会にも行けた。今日は良い日だった。アリス、感謝してるよ」

海を一望できる高台から3時間かけて叔母を家に送った。

帰宅して一人で夕飯を終えた私は、ソファー横の間接照明だけを灯しグラスに赤ワインを注いだ。

今日は偶然だったけど生物学上の父ピーターの墓に行けた。叔母と共に車の中から父が眠っている所を見つめ続けた。墓を見つめる叔母と私には、日常茶飯とは無縁の独自の空間があり独自の時間が流れていた。

生物学上の父ピーターは事故に遭わなかったら、どのような人生を送ったのだろう。私とはどのような父娘だったのだろう。一度でいいから会ってみたかった、心底そう思った。

海浜保養地へのドライブからしばらくの間は淡々と時が過ぎた。ジョイス叔母はたっぷりある時間は、いつものチョコレートクッキーの空き缶の箱から手紙を出して読んでいたし、私が毎週持って行くサンドイッチも喜んで食べていた。ただ次第に話の辻褄が合わないことをよく言うようになっていった。

叔母の四人の兄たち。兄の一人は銀行の経営者だと言った。同じ銀行で二人の兄も働いているそうで、三人は忙しく働き裕福に暮らしていると言った。

別の兄は老人ホームに入っていて１００歳を超えた。兄は毎日のようにジョイス叔母に手紙を書いてくれるのだけれど、郵便事情が悪く叔母の手元に届かない、とも言った。

四人の兄たち。三人の兄が現役の銀行員で一人は１００歳。

それでも私は「ふん、ふん」と相槌を打ち続けた。話している時の叔母は楽しそうで生き生きしていた。話に夢中になると頬の辺りがほんのり紅潮してくることもあった。

叔母の話に細かく付き合うことに意味はないのかもしれない。でも叔母の話に必死で付いていくと、そこは複雑に絡み合っているようで、実は一つの丸い球にすべてが正しく収まっていくような気もしていた。

そして叔母の締めくくりの話はいつも同じであった。

「そうそう、教会の屋根の寄付のことだけど、どうしようかね？　やっぱり気がかりなんだよ」

「教会の屋根の寄付？」

「そうだよ、寄付の額を決めたら、早めに振り込んだ方が牧師さんも助かると思うよ」

「叔母さん、寄付の金額はいくらだった？」

「ああ、そうだね、まだ決めてなかったかい？　そうか、まだいくらにするか決めてなかったね」

「叔母さん、来週また来るから、それまでに決めておいて」

「そうする。でもちょっと待って、金額まだ決めてなかったかね？　ええっと、1万ポンドにするって言わなかったかね？　アリスに振り込み頼んでなかったかい？」

「振り込みは、頼まれていないわ」

そして私は慌ただしく叔母の家を後にするのだった。


ベンツグリーンにある家は私の両親ジャックとキャリルが結婚直後に購入したものだ。私は赤ん坊の時から住んできた。

父のジャックは測量士で誠実に仕事に取り組み、また親切な人だったので仕事は順調に伸びていった。母のキャリルとも円満にやっていたし、何より子煩悩で私は恵まれた少女期を送った。ところが父に病気が見つかり、あれよあれよという間に亡くなってしまった。

父ジャックが亡くなった後、母キャリルと私は二人になり、その後学校を卒え地元の銀行に就職した私は25歳で息子のハンフリーを産んだ。息子の父親であるアランは風来坊でいつ帰ってくるのかさえ分からなかった。年に4～5回は帰ってくるが3週間ほど居るといつの間にかまた出て行った。

真っ当な親たちはこのような結婚を許すはずがなかったが、母キャリルは、「アリス、いいかい、お前の人生なのだからね」とだけ言った。重々しい声で言った。ジョイス叔母は60歳で小間物屋を畳んでからはバスで10分という近さもあって、母に会うためによくこの家に来ていた。

夏真っ盛りの木曜日、いつものように玄関横の窓をコンコンと叩き、「ジョイス叔母さん、アリスよ」と言ってから合鍵で入った。叔母はいつものように手紙を手に持ってソファーに居た。

「ああ、アリス、来てくれたんだね」

「変わりない？　体調はどうかしら？」

「相変わらずさ。どこも悪くないよ」

「そう、良かった」私はいつものように叔母の「大丈夫」をさっと確認する。

「叔母さん、今日私の家に来ない？」

「どうして？　今日何かあるのかい？」

「何もないけれど、たまには外出するのも気晴らしになっていいんじゃない？」

叔母は少し考える仕草をし、そして私の家に来ると言った。

「着替えてくるよ」

「そのままでいいわよ。車で行って車で戻るだけだから」

「そうかい？　でももし誰かに会ったらこの格好ではいかにも普段着だから。やっぱり着替えてくるよ」

そう言って叔母は寝室に向かい、クローゼットを開け服を選び始めた。母もそうだったけれど叔母も家で着る服と家から一歩でも出る時に着る服を厳密に分けていた。

やっと準備の整った叔母の手を引いて車に乗せる。私の家まで10分ほど。10分の間叔母は窓から一生懸命外を見ていた。

家に着き、玄関の鍵を回しドアを開けると奥から人が出てきた。風来坊の夫アランだ。2か月ぶりに帰ってきていたのだった。

「よっ！」夫が私に手を挙げた。するとその時私の後ろにいた叔母が、

「ジャック！」と一歩歩み寄った。

「ジャック、あなた生きていたのね。ジャック会いたかったわ、あなたどこ行ってたの」

「ジョイス叔母さん、お久しぶりです。僕アランです」

夫のアランが背の縮んだ叔母の顔の高さに自分の顔を持っていくと、叔母は怪訝な顔をしてしばらく考えた後、

「ジャックじゃなかったね。ジャックとは顔が違う。ジャックはもういないんだった」としょんぼりした。

「叔母さん、この人は私の夫のアランよ。風来坊だから、叔母さんとは数えるほどしか会ってない。分からなくて当たり前だわ」

「ジョイス叔母さん、ゆっくりしていってくださいね。僕は2階にいますから」

私はジョイス叔母をサンルームに連れていった。以前叔母はこの部屋の揺り椅子に母のキャリルと並んで座り、庭を眺めながら日がな一日おしゃべりをしていた。

「ここは相変わらず庭が全部見渡せる」

「叔母さんとお母さんどんな話ししてたの？」

「キャリルはうわさ話が好きだったね。誰それがどうしたこうした、ってよく言って

た。それと洋服の話も好きだった。芸能人の着ている物が気になってた、芸能人のこともよく知っていたし」

「そうね、お母さんはその手の話得意だったわよね。それと美味しいケーキの話も」

「ふふふ、そうだったね。キャリルは甘いものが好きだったね」

サンルームから見る庭は芝生の緑が輝き、木々は誇らしげに葉を広げ、花々は歌うように夏の日差しを受けていた。

「そうだ、相続の話もここで聞いたんだよ」とジョイス叔母が突然言った。

「相続？　誰の相続？」

「実はね、ロンドンの一等地に遠い親戚が家を持っていてその親戚が亡くなった。その人には子どもがなかった。親戚縁者をたどったら私たち姉妹だけだ、ということで私たちを訪ねてきた人があったんだよ」

「初めて聞いたわ。いつ頃の話？」

「ええっと、いつ頃だったかねえ。アリスが結婚した頃のことさ。キャリルから何も聞いてなかったかい？」

「聞いてないわ。それでどうなったの？」

「訪ねてきた人はその家を買いたい人で、キャリルと相談してその人に売った」

「ロンドンの一等地でしょ。売ったとなると叔母さんとお母さんにはそれ相応のお金が入ったのよね」

「そうなんだよ。私の分として1万ポンド入った。姉さんにも同じ金額が入ったよ」

1万ポンド？　不動産でそんなに少し？

遠い親戚を探せばどこにだっている可能性はあった。特に叔母はずっとマーシャル家に住んでいたのだから、四人の兄たちの消息を何か聞いていたのかもしれない。

四人の中に子どものいない、ロンドンの一等地に家を持つ伯父がいて、縁者大勢で分割した結果がジョイス叔母の分として1万ポンド、ってことだったのだろうか？

聞くことができそうな親戚はもういなかった。

「叔母さん、その相続の話、今でも何か問題が残っているの？」

「その話はとっくの昔に片が付いてるよ」

「何も心配ないってことね？」

「大昔のことだよ、その相続は。手に入った1万ポンドは別の銀行の口座に入っているから。だから心配ないよ」

「ジョイス叔母さん、2つの銀行に口座を持ってるの？」

「言わなかったかい？」

「だって私が叔母さんからカードを預かっている銀行はB銀行だけよ。別の銀行と取引があるなんて知らなかったわ」

「そうだったかい？　私はてっきりS銀行のカードもアリスに渡していたと思っていたけど。じゃあS銀行のカードはどこに行ったのかね……大変だ、探さないと」

　叔母は立ち上がってウロウロし始めた。

「カード探さなきゃ、カード、カード、カード…カードが無い、カードが無い、どこ行った？　無い、無い、無い…何が無いんだっけ？　あれ？」

「ジョイス叔母さん落ち着いて。とにかく座って。私がS銀行に行って確かめてくるから。探すのはそれからでいいわよ」

「アリス、帰るわ」

　叔母は今すぐに帰ってS銀行のカードを探さないと座ることもできそうになかった。

「分かった、送っていくね」

　話しかけても上の空でウロウロ歩いている。仕方なく手を引いて車に乗せた。

「出発するね」

　すると突然ジョイス叔母は、

「そうだ、思い出した。アリス、もうS銀行に口座はないよ。S銀行にあった金はすべて寄付したんだった」

「えっ？　そうなの？　どこに寄付したの？」

「アリスが結婚した頃のことだよ。私が全額を寄付するって言ったら、キャリルが何も全額寄付しなくてもいいのに、って反対したんだよ。そうだった、はっきり思い出した」

「どこに寄付したの？」

ここで叔母は黙ってしまった。しばらくして、

「どこに寄付したんだろう」とつぶやいた。

「大丈夫よ、叔母さん。後で私が銀行で確かめてくる。何か分かるかもしれないから」

結局ジョイス叔母の口座はＳ銀行にはなく、この日叔母が話したロンドンの一等地の相続の話は霧消した。

私はこの話のすべてが叔母の作り話とは思わない。台の端に置いていた陶器の花瓶が何かのはずみで落ちて壊れてしまった。その破片を拾って根気よく継ぎ合わせていったら元の形に戻るように、叔母の話も根気よくたどれば何かしら繋がっていくような気がした。

木曜日いつものように叔母の家を訪ねると「ああ、アリス、来てくれたの。今探し物をしてて手が離せないんだよ」

「探し物？　大切な物なの？」

「大事な物だよ。いつもの手紙を入れてある缶、あれと同じ缶を探している。でも無いんだよ」

「ソロンバリー社の焦げ茶色でピンクのリボンの缶ね？　大きさも同じなの？」

「そう、同じ」

「2階も探したの？」

「まだ1階だけ。でも無いんだよ。どうしたらいいのかね？」

「叔母さん、その缶に何が入ってたの？」

「出生証明書だよ」

「出生証明書？　最後に見たのはいつ？」

「最後に見たのは…いつだったろう？」

「ジョイス叔母さん、今すぐに必要でないのなら、どこに置いたかゆっくり思い出せばいいわ。先にお茶淹れるわね」

叔母の手を引いてダイニングの椅子に腰かけさせた。紅茶にミルクをたっぷり入れたマグカップを叔母の前に置く。

「はいどうぞ」

「出生証明書が要るって言われたのだけど」

「誰に言われたの？」

「もう要らないのかねえ」

「多分、もう必要ないわよ。言った人の勘違いだわ。探さなくていいわよ」

「そうなのかねえ」叔母は困惑顔だ。

「私が後で探すわ。気になるんでしょう？」


その日の午後、私は久しぶりに2階に上がった。

2階には3室あり、思った通り全体に埃っぽくカビの匂いがした。

南の部屋、繊維の間に埃をため込んだカーテンを開けると庭が見えた。

「ソロンバリーの缶、缶、缶」

私は指さしながら缶を探した。この部屋には叔母が小間物屋をやっていた時の売れ残りが置いてあったが、部屋は整頓されていて探すところはなかった。

もう一部屋も南向きであるが、この部屋には箪笥が一棹、私がこの部屋の主よ、といった風情で置いてあった。箪笥一棹に大量に詰め込まれた古い服、服が窒息していた。この部屋も探すところはなかった。

北側の部屋、窓からは道路が見えた。部屋のドアから近いところに積まれている大きな木箱が5つ。木の蓋の四隅に綿埃が絡まって虫の巣みたいになっていた。

要らない家具も積んであった。揺り椅子、チェスト、飾り棚、ベッド…。部屋の隅には額に入った絵が重ねて置いてあり、上から使わなくなったシーツが掛けてあった。念のためシーツをめくると額縁と額縁の間に空き缶らしき物が見えた。ひっぱり出すとまさにソロンバリー社の缶だった。


「ジョイス叔母さん、あったわよ」２階から大きな声で言った。

叔母の所に持って行くと、

「これだわ、あったんだ」と両手で抱え、愛おしそうに頬で触れた。

「とても軽いけれど、中は何？」

私が聞くまでもないうちに叔母は缶を開けた。中には虫眼鏡と走り書きをした紙が一枚入っていた。それだけ。

走り書きには「10月30日、10時、花屋の受け取り」と書いてあった。出生証明書は無かった。叔母は缶の箱を抱えて放心していた。

「叔母さんの要るものは別の箱に入っているのだわ、きっと」

ジョイス叔母が急に小さくしぼんでいく。

「アリス、私が要るはずだった物はもうどこにもないよ」

「２階の北側の部屋はまだ物があったから、今度また探すわ」

「でも、もう無いんだよ」

「叔母さん、もう一度聞くわね。要るはずの物、って何？」

「出生証明書だよ」

「出生証明書をどこかで使うの？　それともただ見たいだけかな？」

「分からない。無くてもこの先困らないかい？」

「多分困らないわよ」

「でもピーターが要るって…」

「ピーターが？」


夜と朝の間には夜通し輝き続けた星々が眠りにつく瞬間がある。静かでひっそりとした瞬間だ。それは東の空にオレンジ色がのぞき始めようとする瞬間と重なる。一日一度。

元気な人がこの瞬間に気が付くことはないが、一日のほとんどをベッドで過ごすジョイス叔母にはこの瞬間がやって来たのが分かったそうだ。その瞬間は一分の隙も無く完璧だった、と叔母は言った。

5日前、深い夜が終わり朝と入れ替わろうとしていた頃、叔母の体が急に一度フワッと浮いたような気がしたそうだ。それは短い時間のような気がしたが長かったかもしれない、あれは別世界、と叔母は言った。

別世界との出会いの後、ジョイス叔母はそれまで漠然と不安に覆われていた心が軽くなったそうだ。光に包まれていい心地だったそうだ。

ジョイス叔母は87年の間に心の奥深く溜まったままになった苦しくて悩ましいことを置き去りにして、心は別世界に向かって行ったに違いない。

叔母の表情は日に日に柔らかく優しくなっていった気がした。


「叔母さん、トウモロコシのスープよ」

スプーンを叔母の口元に持っていく。でも好きだったトウモロコシのスープの匂いに食欲が起きることはなかった。

一日中目を閉じてベッドに眠るジョイス叔母。叔母には日に日に「この世」から離れていくような気配があった。

「ジョイス叔母さん、聞こえる?　アリスよ」

ジョイス叔母はある日眠ったまま二度と目を覚まさなかった。8月のことである。

叔母の寝室の窓からは庭の東の塀沿いに立つりんごの木が見えた。たわわに実を付けていた。

9月に入り私は叔母の家を片付け始めた。家は小さいのにマーシャル家が100年の間に溜めた物がずいぶんあった。

私の祖父母が手に入れたこの家を家族が住み、そして最後を家族の一員である私が整理して終えようとしていた。

私は毎日通って汗を流して埃にまみれて片付け作業をした。家の中の物は日に日に少なくなり、ついに家の中は物が無くなった。10月になっていた。

物が無くなった部屋は小さく見えた。住人がいなくなった家は、血が通わなくなって小さく萎むのだろうか。

私が残した物は、ジョイス叔母がいつも読んでいた手紙が入ったソロンバリー社のピンクのリボン柄の缶、これだけ。

「ジョイス叔母さん、私が手紙読んでもいい？」この1か月、毎日自分自身に問うた。好奇心が日に日に勝っていった。

「手紙を見たい」声に出して言ってみた。

「叔母さん、私が読んでしまったら燃すから読ませてね」私は缶を家に持って帰った。

家に帰った私はさっそく2階の書斎、書斎と言うには本が少なくただ机が置いてあるだけの部屋なのだが、物のない机の上に叔母のピンクリボン柄の空き缶を置いた。

部屋は西向きで庭に面している。10月の午後の日差しが柔らかく部屋の奥まで入っていた。

1階のキッチンで熱い紅茶を淹れミルクをたっぷりと注ぎ書斎に運んだ。

「紅茶熱いから気を付けてね」言う相手はもういない、だから自分に言った。

缶の中身は整理されてあった。手紙の束は数えると10束。一束ずつリボンで結わえてあった。

初めの一束を手に取ってリボンを解くと叔母の字が飛び込んできた。その束全部をパラパラっとめくる。思った通り、上から下まで全部叔母の字だった。

ジョイス叔母は手紙を自分宛に書いて、長年書き溜めて、自分で毎日読んでいたのだった。私が叔母の所の通うようになって以降、誰かから私信がきたことは無かったし、それ以前もこれほどたくさんの手紙をやり取りする相手が存在することは想像しにくかった。

手紙は一枚一枚ジョイス叔母の小ぶりのスラスラと書かれた字で埋められていた。

＊ピーター、キャリルが女の子を産んだわ。キャリルがアリスって名付けた。あなたの娘よ。まだ小さ過ぎて誰に似ているのかよく分からないけど、そのうちピーター、あなたにも似てくるはずよ。楽しみだわ＊

＊ピーター、キャリル姉さんは運のいい人だわ。だって結婚したジャック兄さんはとてもいい人なの。キャリルにとても優しいし、怒って声を荒げたりなんてないの。いつも誰に対してもニコニコしている。あっ、勘違いしないでね、ニコニコしてるけど決して間が抜けてるってことじゃないのよ。生まれつき穏やかな性格なのだと思う。

アリスのことも可愛がっている。アリスはまだ赤ちゃんなのだから、どうして泣いてるのか分からないけれど、とにかく誰があやしても泣き止まない時があるでしょ。ジャック兄さんはね、よしよし、アリスはいい子だね、いい子だ、いい子だ、って延々と抱っこしてあやしているの。延々とアリスが泣き止むまでよ。

一方キャリルはアリスが泣き止まない時はベビーベッドに入れて泣かせっぱなし。もしキャリルが一人でアリスを育ててたら、アリスは可哀想なことになってたわ。

傍から見てるとジャック兄さんとアリスは本当の親子。血の繋がり無いのにね。キャリルはジャックとの結婚なんて嫌だ、ってあれほど騒いだのに、今ではまんざらでもないみたい。

ジャック兄さんは測量の仕事も熱心にこなしている。ジャックの人柄だと思うけど、お客さんも増えてきている。要するに、キャリルとジャックは上手くやっているの。

キャリルは幸運だわ。それに引き換え私は駄目ね。ホント駄目なの。

デパートの彼氏？　彼氏とは別れたわ。別れた理由なんて無いのよ。彼氏にときめかなくなったのは事実だけど、だからと言って嫌いと言うのでもない。結婚するのならちょうどいい相手だったのかもしれない。

でもね、彼氏とデート中なのに知らず知らずのうちにピーター、あなたのことを考えている。あなたと彼氏を比べてしまっているの。

ひどい人間ね、私。

デパートの彼氏は悪い人じゃないのよ。ただね、たとえば公園を散歩してて昼になったとするでしょ。

《お腹空いたね、フィッシュアンドチップスで済まそうか?》って彼氏が言う。

《いいわよ》って私が言う。

でも彼が屋台で買ってくるのはチップスだけ。フィッシュ無し。いつもなの。そして言うの、《フィッシュってどうしてあんなに高いんだろう》って。

私ホント駄目ね、ピーター、あなたのことが忘れられないみたい。あなたならフィッシュも買ってくれたわよね。

でもあなたは死んでしまった人、ねえピーター、会えないかしら？　私の夢に出てきて、お願いだから＊

私と生物学上の父ピーターの間には紙が一枚挟まっていた。一度も会ったことがないから仕方がないのかもしれないけれど。

叔母からピーターの話を聞いても、私にはちょっと遠い人、どこか自分事ではないような感覚だった。

それが、叔母の残した手紙を読んで、その紙がすっと引き抜かれ、父ピーターが私と重なった気がした。

「ジョイス叔母さん、このまま読み進めてもいい？　だって生物学上のお父さん、ピーターのこともっと知りたいの」私は声に出して言ってみた。

「ふふふ」叔母の声が聞こえた気がした。

二つ目の束に掛かったリボンを解く。

＊《ジョイス30歳の誕生日おめでとう。これからもずっと一緒に幸せになろう》

《ありがとうピーター。私30歳になったのね。このところ忙しかった。2月に開店した小間物屋が思っていたより繁盛してるわ。ずぶの素人の私が商売を始めら

れるなんて、ピーター、あなたのお蔭よ。あなたが応援してくれなかったら、小間物屋を開くことを思い切れなかったと思うの》

《そう言ってくれてうれしいけれど、ほんとに僕は何もできないし何もしていない。力仕事はもちろん店番だって手伝えないんだから。申し訳ない》

《いいのよ、初めから分かっていることなんだから。力仕事はジャック兄さんがずいぶん手伝ってくれた。キャリル姉さんも仕事が無い時は店番してくれている。その上商店街の人たちも代わる代わる立ち寄ってくれているの。小間物屋を立ち上げるって決めた時は心細かったけれどもう大丈夫よ。やっていけるわ》＊

叔母の小間物屋。店を一軒持つというのはそれなりに苦労があったようだ。レースやボタンを仕入れていた問屋が夜逃げして突然仕入れができなくなったり、夜間に入り口のガラスが割られ泥棒に入られたこともあった。事件が起きる度に叔母は、ピーター、ピーターと手紙でピーターの名を呼んで、ピーターに相談して解決していったのだった。

次の束のリボンを解いた。

＊《ピーター、父が亡くなった》

《えっ、いつ？》
《4日前よ、朝起きてこなくて見に行ったら息をしてなかった。びっくりしたわ、心臓が飛び出しそうだった。まず警察に電話したの。警察、検視の医師が来て。それから葬儀屋に連絡して。一日中バタバタしてた》
《キャリルには？　連絡したよね？》
《もちろん警察の次に電話したわ。姉さん何て言ったと思う？　今日は大切な用事がある、悪いけど今日は一人で頑張って。明日は行くから、ですって。相変わらず自分が最優先なのね。親の死亡より優先させなきゃならないことって何なのよ。もし優先させなきゃならないことが有るのならそれが何かを私には説明すべきでしょ。怒りを通り越してあきれたわ。もうあの人と姉妹はやっていられない》
《そうか、大変だったね。それで次の日キャリルは来たの？》
《次の日からは来たけど。姉さんの大事な用事って何なのよ。一切説明なし。しばらくはキャリルの顔を見たくない》
《キャリルの元夫として申し訳ない》
《ピーター、もうキャリル姉さんとあなたは何の関係もないのよ。元夫って何よ。正式に結婚だってしていないのに。キャリル姉さんと駆け落ちする前に、あなた死んじゃったのよ。だから姉さんの元夫だなんて二度と言わないでちょうだい。あなたは死んでから私と共に歩んでいる人なんだから》

《分かった。気を付ける。ジョイス、君は大丈夫かい？　お母さんお父さんと立て続けに亡くなってしまったから》

《とうとうこの家に一人になったわ。寂しいけど、店もあるし何とか頑張るしかないわね。こんな時キャリル姉さんを頼りにすることができたらいいんだけど…》＊

ジョイス叔母は小間物屋にお客がいない時間に想像を巡らせてコツコツと書いていたのだろうか。それとも夜一人でワインを飲みながら書いていたのだろうか。

＊ピーター、アリスはあなたに似ている。目の色も形もあなたにそっくりよ。髪もあなたと同じマウスカラーよ。一番似ているのはね、ソバカス。アリスもあなたと同じで頬骨の所にそばかすが並んでいる。ふふふ。

さすがに親子ね。それなのにキャリルにはあまり似ていないの。今のところ似ているところが見つけられないのよ。

アリスと向かい合って話しているとピーター、あなたをふつふつと思い出させ

られる。アリスはとてもよく気が付く子でね、そして優しいの。そこもあなたに似ているわね＊

一つの束を読み終わると、再びリボンで結わえ直した。次の束は古そうだった。

＊酷い、こんな酷い話聞いたことがないわ。キャリル姉さんが妊娠してる。ピーターの子だって言ってる。まさかとは思うけど。ピーターが姉さんに会いに来たの？　何度も？　だって遠いのよ、片道列車で3時間なのよ。本当だったらどうしたらいい？＊

そして次の紙は殴り書きのような字だった。

＊本当に妊娠している。キャリル、あなたを許さない＊

一面に大きく乱暴に書いてあった。

次の紙には、

＊ピーター、あなたはどこに行ってしまったの。昨日あなたのお葬式に行った。キャリル姉さんと二人で行った。うちの両親はあなたのお葬式には参列しなかった。だってそうでしょう。娘の駆け落ち相手、いくら娘が妊娠していたって、ピーター、あなたの顔だって知らないんだから。両親はキャリルが何かしでかすといけないからって私を付き添いにしたの＊

次の紙には、

＊ピーター、あなたのご両親は駆け落ちに、そしてキャリルの妊娠にとても驚いていた。キャリルのことも駆け落ちのことも何も知らなかったみたい。

ある日突然息子が縁のあるはずのない街で車にはねられて死んでしまった、それだけでも耐えられない苦しみであったはずよ。その上その街にいた理由が駆け落ちで、更に相手は妊娠している。

あなたのご両親はキャリルには赤ちゃんを産んで立派に育ててほしい、って言ってたわ。でもね、酷いのよ。赤ちゃんが生まれても私たちには見せにこないで、って繰り返してた。血の繋がった孫なのに。孫には立派に育ってほしいけれど、自分たちとは関係のない子、そんな風に聞こえたわ。それともキャリルのお腹の子が息子ピーターの子なのかどうか疑っていたのかしら。赤ちゃんのことまで考えられる心の余裕がなかったのだとは思うけど。

あなたの棺を墓地に運ぶ時、キャリルは卒倒しそうだった。顔が血の気を失って真っ青で歩くこともおぼつかなかった。私は介抱するためにキャリルをベンチに座らせたの。気分が悪そうだったので背中をさすっていたらキャリルは、ピーターを最後まで見届けてきて、って強く言った。それで私はあなたの最期をしっかり見届けにいった。一緒に見届けたあなたの両親、親戚や友人が去っていった後も私は残って盛り上がった土を見ていた。

いつまで見ていてもあなたが生き返ることはないのにね。こんな衝撃的ことは生まれて初めてよ。ピーター、今だってあなたが死んでしまったことが実感できないの。会いたい。一度でいいから私の夢に出てきて＊

書かれていたのはピーターの葬式だった。ジョイス叔母がこんなにも思い入れたピーターってどんな人だったのだろう。

＊ピーターが死んだ。もういない。それなのに涙が出ない。私の涙はどうして一滴も出ないの？

それだけじゃない。どういうわけか私は朝も昼も夜も食べている。ピーターが死んだのよ、なのにこんなに淡々と流れる時間、何なのよ！

キャリルは一日中泣いている。隣の部屋から漏れてくる獣がうめくような声、遠吠えするようなヒューーッっていう声が一日中聞こえる。

キャリルの部屋をノックしてドアの外から、お腹の子のためにも何か食べた方がいいよ、って言ったらドアが開いて、いきなり私を叩いてきた。それも思いっきり叩いてきた＊

＊ピーターが死んでしまった。これでピーターとキャリルが一緒になることはない。

だから、だから今度は私がピーターと結ばれる番だわ。もちろん想像の中だけど。私はピーターと結婚する。結婚するのよ。ピーターと私は夫婦になる。こんな素晴らしいことが今日でも明日でも、私の好きな時に実現する。ピーターと結ばれるの＊

母と叔母とピーター。読み進める度に私は苦しくなっていった。深呼吸をして、一度ぎゅっと目を閉じて、そして再び読み進める。別の束の手紙を手に取った。

＊最近ピーターの髪は白髪が目立つようになってきた。元の色がマウスカラーだから他人が見たら気が付かないかもしれない。でも私は毎日近くで見ているから分かるの。こうして少しずつ年を取っていくのね、私たち＊

＊《ジョイス60歳の誕生日おめでとう》

《ピーター、私ね、小間物屋を畳むことにした。私はまだまだ元気よ、だから体力的には続けることはできると思う。でもね、世の中が変わってきているのが日々分かるのよ。自分で服や小物を作る人はめっきり減った。それにね、スーパーマーケットにだって下着は売っている。私のお店より安いしサイズも色々そろっている。とても太刀打ちできないのよ》

《そうだね、変わらないものなどないからね》

《たとえば注文服なんかはこれからも需要があるはずよ。望むデザインやサイズの服を作ってほしい人と作る人の仲介をするの。そういったことを商売にするのならできると思う。でもね、もうやめてもいい歳でしょ？　これからの残りの時間は自分のために使いたくなったの》

《うん、そうだね。せっかく生まれてきてジョイスは無事60歳まで生きられたんだ。仕事するだけのために生まれてきたんじゃない。人生を楽しむ時が来たんだ

よ。僕は30年も生きることができなかった。僕の分まで楽しんでほしいよ》
《ありがとう、ピーター。これからの私の人生を応援してね》＊

＊《ねえ、ピーター、最近キャリル姉さんがちょっとおかしいの。私たち二人とも仕事を辞めてから時間があるでしょ、それで時々会うようになったのだけど、最近時々会えないことが有るの。今日も会えなかった》
《会えなかった、ってどういうこと？》
《今日は26号線とパークウェイの交差点、そのちょっと南に大きな園芸店があるでしょ、園芸店の中のカフェで11時に待ち合わせたの。昨日電話で時間もお店も確認したのよ。でもいくら待っていても姉さんは来なかった。姉さんが苗を買いたい、っていうから待ち合わせを園芸店のカフェにしたのよ。30分待って電話したら、えっ？　今日だった？　って言うの》
《ジョイス、君の勘違いではないよね？》
《私の勘違いじゃないわ。実はね、今日が初めてではないの》
《そうか、キャリルはどうしちゃったんだろう？》
《姉さんの頭が働いていないのだと思う》
《キャリルは何歳だった？　ええと、66？》

《そう66歳よ。でもこういうことは年齢じゃないから》
《キャリルにはもう待ち合わせは難しいのかもしれないね。今度からはキャリルの家まで呼びに行ったらいいよ。君は不本意かもしれないけれど仕方ない》
《そうね、今度からは姉さんの家まで誘いに行くしかないわね》＊

＊《ピーター、キャリル姉さんはもう遠くに行ってしまったの》
《えっ？　どこへ？》
《どこでもないの、家にいるわ。でも遠くよ、ずっと遠く》
《何があったんだい、ジョイス。キャリルと喧嘩でもしたのかい？》
《そんなんじゃないわ。喧嘩ならマシよ。ずっとマシ。もう姉さんとはまともに喧嘩もできなくなった。それだけのことよ。あなたにも知ってもらった方がいいと思ったから》＊

＊《ピーター、今日キャリル姉さんが暮らしている「記憶を畳む人々の家」に会いに行ったの。姉さんはベッドで昼寝をしていたわ。椅子に座ってベッドに眠る姉さんを見ていたら、懐かしかった。姉さんの顔も髪も何十年も見てきた。特に歳を取ってからは姉さんと私、似てるなって思うことがよくあったから》

《そうか、姉妹っていいね》
《しばらくすると掛けてある布団を払いのけるような仕草をしたんでキャリル姉さん、って小さく声を掛けた。姉さんは目を開けて、ああお母ちゃん、って言ったわ。私のことを母と間違えたみたい。でもね、次に姉さんが言った言葉に驚いた》
《キャリルは何て？》
《お母ちゃん、ジョイスのことだけど、ジョイスは私のこと何でもかんでも羨ましがるの。最近では私の彼氏を奪おうとしている。困るわ、私どうしたらいい？ですって》
《そうかあ…》
《呆れたわ。キャリル姉さんが私のことそんな風に思っていたなんて。彼氏と言うのはピーター、あなたのことよ。姉さんの記憶が20代の大昔に戻っちゃってる。20代の姉さんは私のことをそんな風に思ってたのよ。
私は姉さんからピーター、あなたを取ろうとしたことなんて一度もないわ。あなたが私ではなくキャリル姉さんを選んだことが分かった時はさすがにショックだった。でも姉さんからあなたを取ろうなんてしなかった。
ピーター、あなたが車にはねられて死んでしまったと分かった時は目の前が真っ暗になった。真っ暗になるって本当ね、光と色がまるで無いのよ。目を凝らして見てもただ黒一色。濃い闇の色一色なの。息をするのも苦しくって、ひたすら酸素を求めた。それはキャリル姉さんも同じだったはずよ。

私はあなたが死んじゃってから一年ほど経っても、ピーター、あなたへの思いが冷めていないどころかもっと強くなっていることに気が付いたの。そして夜眠るのが楽しみになったのよ、夢で今夜会えたらいいなって。時々あなたは夢に出てきてくれたから。

ピーター、あなたが死んじゃった人だから、だから夢の中で私と共に生きる人になってもらっただけよ。決して姉さんから奪ったんじゃない》

《ジョイス、それは僕がよく分かっている》＊

私はここまで読み進めてさすがに疲れた。キッチンに下りていき紅茶を淹れた。湯が沸くまで、両腕を上げて伸びをした。

ジョイス叔母の手紙は一気に読んでしまいたかった。私はジョイス叔母にも、母キャリルにも、生物学上の父ピーターにも肩入れしたくなかった。

焦げ茶色の缶の蓋に大きく描かれたピンクのリボン。上に蝶結びがありリボンは左下に流れている。艶々に輝くピンク色が「缶の中にはピーターが居るのよ」と言っていた。ジョイス叔母の手紙を入れておくのにぴったりの缶だった。

缶から手紙を取って開けば、いつでもそこにはピーターがいて、ジョイス叔母が笑えばピーターも笑う。苦しいこともピーターに話すだけで「大したことじゃないな」って思わせてくれる。

ピーターはいつも叔母の味方で、決して叔母に反対意見を言うことは無い。手紙の中のピーターは、ジョイス叔母以上にジョイス叔母だったに違いない。ノートではなくて手紙にしたのは、削除と追加が容易に出来たからかもしれない。ジョイス叔母と母キャリル、そしてピーター。ピーターは死んでしまってからも叔母と母の間で生き続けたということだ。

沸騰した湯をマグカップに注ぎ、ティーバッグを振る。叔母の手紙はあと少し。熱い紅茶を盆に載せ２階に運んだ。

＊《ピーター、明日は教会のピクニック。例年通り婦人会で係を振り分けた。メアリーと私は今年もお菓子の係よ。
メアリーはレモンケーキ、私は今年もストロベリースコーン。

今日はスコーンを100個焼いたわ。明日は朝早くからクリームと苺を挟んでいくの。

苺は日差しを浴びて大きくつややかで真っ赤になったのが、エクル商店街の八百屋の店先の籠に山盛りになっていた。山盛りよ。苺の香りに包まれて幸せだったわ、ふふふ。山盛りの中から一粒ずつ紙の袋に入れて100個買ってきたの》

《ジョイスはストロベリースコーンが大好きなんだね。他の物を作る時とは意気込みが違うから分かるよ》

《ピーター、あなたも大好きでしょ？》

《僕はジョイスの作ったストロベリースコーンを一度食べてみたいのに、残念だけど僕は食べることができない。心底悔しいよ》

《私の作るストロベリースコーンは絶品なの。ピーター、あなたにも一度でいいから食べてもらいたかった》＊

ジョイス叔母の残した手紙を読み終えた。午後のオレンジ色の日差しに包まれていた書斎はいつの間にか深い闇が覆っていた。時計を見ると11時、まもなく日付が変わる。

すべての手紙の皺を手で伸ばし、畳んでリボンで結わえてソロンバリー社のピンクリボンの空き缶に入れた。叔母の残した手紙、叔母の手紙の人生は、私が受け継いだ。

「ジョイス叔母さん、手紙は明日庭で燃す。最後の一枚まで燃すわね」私は声に出して言った。


11月、ジョイス叔母が亡くなって3か月が経った。私は叔母の家に通っていた時と同じ木曜日、同じ時間に家を出てベンツグリーンのバス停まで歩いた。何台もの車がバス停に立つ私の前を通って行った。

そしてやって来た82番のバスを私はやり過ごした。82番のバスはこの街の基幹バスで一日に46本通る。次にやって来たバスも見送った。それから次のバスもその次のバスも見送った。

ジョイス叔母の晩年のしわがれた声、時々咳き込むゆっくりとしたしゃべりが浮かんだ。82番のバス通り沿いにあるエクル商店街。その北に広がる住宅団地、ジョイス叔母は団地にある築120年の家で家族に祝福されて生まれて、最後まで生きた。ジョイス叔母の人生はかつてそこにあった。82番のバス通り沿いに、確かにあった。それだけのことだ。

私が82番のバスに乗ってジョイス叔母の家に行くことはなくなった。そして82番のバスは私にとって、景色の一つになった。

イギリスの冬は長い。築120年の家は若い夫婦が買った。長い冬の間に若い夫婦はこの家を黄緑色の巨大なスカーフで覆い、その上に色とりどりの花を咲かせることであろう。春になったらこの家はこれまでとは別の顔になっているに違いない。

あとがき

40歳から数年間住んだイギリスの家の斜め向かいにフラットがありました。うちの子が学校から帰る時間になると、毎日フラットに住む誰かしらが窓から手を振ってくれていました。

私はイギリスでの滞在の記憶が強烈で、小説の形で何等かを残したいと思っていました。その時ふっと浮かんだのがフラットに住む一人のおばあちゃんの姿でした。不思議なことに彼女を思い浮かべると、何らかの力に引っぱられるように次から次へとストーリーが湧いてきたのです。彼女の風貌からは「まわりに迷惑をかけずに自分らしく生きる」というような姿勢がにじみ出ていました。時々できるフラットの住人たちのおしゃべりの輪に、彼女はいつも入っていなかったから、私が勝手に思っただけかもしれませんが。

私が住んでいたのはイングランド北部シェフィールドという街。家の近くからシティーセンター行きのバスは82番でした。本の中でジョイス叔母とアリスが行く海浜保養地はスカボローを思い出しながら書きました。スカボローは夏に毎年行ってましたから。

フラットに住むおばあちゃんについては個人的なことは何も知りません。よく藤色のセーターを着ていてとても似合っていたことと、髪が銀色でふわふわと柔らかそうだったことくらいです。私は彼女を思い浮かべながらこの小説を書いたのです。

あれから20年過ぎました。もし彼女が天国から見ていたら苦笑していることでしょう。

著者プロフィール

河村 泉（かわむら いずみ）

1959年10月生まれ。

愛知県出身在住。

それだけのこと、82番バス通り

2025年3月15日　初版第1刷発行

著　者　河村 泉

発行者　瓜谷 綱延

発行所　株式会社文芸社

〒160-0022　東京都新宿区新宿1－10－1

電話　03-5369-3060（代表）

03-5369-2299（販売）

印　刷　株式会社文芸社

製本所　株式会社MOTOMURA

ISBN978-4-286-26353-3